MADONA COM CASACO DE PELE

SABAHATTIN ALI
MADONA COM CASACO DE PELE

traduzido do turco por
Marco Syrayama de Pinto

Tabla.

Título original em turco
Kürk Mantolu Madonna

Editor Renato Roschel
Coordenação editorial Juliana Farias | Laura Di Pietro
Preparação de texto Maria Fernanda Alvares | Heloisa Jahn
Revisão Juliana Bitelli
Capa e projeto gráfico Marcelo Pereira | Tecnopop
Diagramação Valquíria Palma

Este livro atende às normas do Novo Acordo Ortográfico em vigor desde janeiro de 2009.

Dados internacionais de Catalogação-na-Publicação (CIP)

S113m

    Sabahattin Ali, 1907-1948
        Madona com casaco de pele / Sabahattin Ali ; tradutor: Marco Syrayama de Pinto. — 1. ed. — Rio de Janeiro : Tabla, 2021.
        232 p. ; 21 cm.

    Tradução do original em turco.

    ISBN 978-65-86824-07-0

    1. Ficção romântica. 2. Turcos – Alemanha – Berlim – Ficção. 3. Berlim (Alemanha) - História - 1945 - Ficção. I. Pinto, Marco Syrayama de II. Título.

                                    CDD 894.3533

Roberta Maria de O. V. da Costa — Bibliotecária CRB-7 5587

Publicado pela primeira vez na Turquia, em 1943, pela editora Remzi.

[2021]

Todos os direitos desta edição reservados à
Editora Roça Nova Ltda
+55 21 997860747
editora@editoratabla.com.br
www.editoratabla.com.br

PREFÁCIO 9
MADONA COM CASACO DE PELE 15

PREFÁCIO

PUBLICADO NA TURQUIA EM 1943, o romance escrito por Sabahattin Ali, *Madona com casaco de pele* (*Kürk Mantolu Madonna*), levou décadas para chamar a atenção do grande público. Sua fama cresceu na base do boca a boca. Hoje, Raif Efêndi e Maria Puder são personagens conhecidíssimos em diversos idiomas, espécie de Romeu e Julieta contemporâneos e redescobertos. Porém, como o próprio Ali indica no livro, ambos são, na verdade, inspirados em figuras presentes nas obras de Turguêniev — *Klara Mílitch* (*Depois da morte*) — e de Jakob Wassermann — *Der nie geküsste Mund* (*A boca nunca beijada*).

Mestre do conto e excelente poeta do modernismo e do realismo turco, Ali acabou se tornando mundialmente conhecido por seus dois romances: *Madona com casaco de pele* e *Kuyucaklı Yusuf* (*Yusuf de Kuyucak*), responsáveis por um grande número de inovações no gênero escrito em língua turca. Entre as principais novidades estão a narrativa realista e a sofisticada construção psicológica dos personagens.

Progressista e socialista convicto, Ali também trouxe para dentro de sua obra literária as questões sociais de seu tempo. Seus textos são profundamente marcados pela turbulência que o autor enfrentou em vida: Primeira Guerra Mundial (1914-1918); Guerra da Independência Turca (1919-1923); mudança do Império Otomano em República da Turquia, em 1923, devido às reformas e às modernizações feitas por Kemal Atatürk; Segunda Guerra Mundial (1939-1945); perseguição política; e, por fim, censura.

Para Ali, arte e literatura eram capazes de produzir importantes transformações sociais. *Madona com casaco de pele* não foge à regra. O romance, atualmente considerado um clássico moderno da literatura turca e mundial, apresenta a história do jovem Raif, morador ocasional de uma Berlim decadente e atolada na crise política e econômica dos anos 1920. Em suas longas caminhadas, busca se deparar com a alma encantadora das ruas da grande metrópole europeia. Encontra-a em um autorretrato, ao visitar aleatoriamente uma exposição realizada em uma galeria de arte da cidade, na imagem de uma bela mulher em seu casaco de pele. A tela e sua autora, a artista Maria Puder, transformam a vida do jovem turco, leitor de Turguêniev e Theodor Storm, retirando-o da solidão do mundo das ideias e atirando-o na realidade das relações pessoais.

Assim, Ali indica a literatura como uma transição do jovem turco para a vida adulta. Leitor voraz, o tímido e frágil

Raif, ao mesmo tempo em que vai da pequena Havran para Istambul e de lá para Berlim, alterna suas leituras, que vão de Júlio Verne a Turguêniev. Nitidamente, conforme se transforma, ele também conquista a capacidade de se relacionar com uma mulher espetacular.

Madona com casaco de pele é, portanto, um romance realista do período entreguerras em Berlim, na caótica e já decadente República de Weimar. Como toda grande obra, a história de amor transcultural presente no texto de Sabahattin Ali é uma janela para um momento que marcou profundamente o mundo contemporâneo, atravessou décadas e segue assombrando nossos dias. Nele, a vida em uma sociedade polarizada e em constante crise — que desembocaria na ascensão do nazismo — é iluminada pelo encontro entre uma jovem extrovertida, assertiva, corajosa e independente e um homem tímido, inexperiente, hesitante, que vive da mesada enviada da Turquia pelo pai. Os dois constroem uma relação em que Maria está sempre um passo à frente de Raif, personagem que, por sua vez, torna-se mais maduro ao se relacionar com essa mulher extraordinária, produto de uma Berlim dos anos 1920, sem, entretanto, alcançá-la em sua constante evolução, "nos meios onde ela flui".

Essa relação, segundo o escritor turco Kaya Genç, é "a mais refinada forma de atração". Atração sobre a qual fala a escritora Susan Sontag, em seu ensaio "Notes on 'Camp'", quando comenta que "o que há de mais belo em homens viris é algo feminino; e o que há de mais belo em uma mulher feminina é algo masculino". Para Genç, esse conceito se aplica perfeitamente ao romance *Madona com casaco de pele.*

O encontro da encantadora jovem judia alemã, que não aceita ser submissa a ninguém, com um muçulmano tímido e medroso, que receia viver qualquer envolvimento amoroso para não sofrer depois, é construído magistralmente por Sabahattin Ali em meio ao cenário de uma sociedade dominada pela inflação, a carestia e o debate político polarizado. Uma Berlim em que muitos personagens se mostram, ao mesmo tempo, saudosistas e ansiosos pela chegada ao poder de um líder forte como o foi Bismark. Tal cenário dá ao livro uma atualidade impressionante, que reverbera hoje num contexto marcado pelo isolamento individual e o crescimento de forças políticas e sociais reacionárias. Sobretudo porque o caminho para o inevitável impasse dessa história de amor incorpora, de forma quase profética, a melancolia e o distanciamento dos nossos dias. A decadência ocidental da Berlim dos anos 1920 é apresentada aos leitores através dos olhos de um opaco e solitário jovem que se apaixona por seu oposto brilhante.

Também é imensa e comovedoramente atual a vida deste autor. Sabahattin Ali nasceu em 1907, na Bulgária, então parte do já decadente Império Turco-otomano. Tal como o personagem de seu livro, Ali passou dezoito meses em Berlim, cidade que deixou para ser tradutor e professor de alemão na província de Aydin, na Turquia. Lá, foi condenado à prisão. Seu crime: envenenar a cabeça dos jovens estudantes com perigosas ideias revolucionárias.

Depois de libertado, mudou-se para a cidade de Konya, também na Turquia. Lá, acabou novamente preso. Dessa vez, seu crime foi recitar um poema no qual criticava Mustafa Kemal Atatürk (1888-1938), fundador da República Turca e então líder daquele país.

Ameaçado de não poder mais ensinar, Sabahattin acabou coagido a provar que não voltaria a criticar o governo. Por essa razão, viu-se obrigado a publicar um poema intitulado "Meu amor", no qual tecia elogios ao líder turco.

Socialista e tachado de traidor do país, Sabahattin Ali seguiu, apesar das prisões, trabalhando em instituições do governo turco. Foi um dos fundadores da famosa revista *Marco Paşa* (ou *Markopaşa*), periódico de sátira política. Em 1948, foi preso mais uma vez. Ao deixar a prisão, já não conseguiu emprego como professor ou jornalista. Tornou-se vítima dos movimentos fascistas e anticomunistas da Turquia, que perseguiam aberta e violentamente os adversários políticos. Temendo que sua situação se tornasse ainda mais insustentável, Ali decidiu deixar o país. Com a ajuda de um amigo, arrumou emprego como motorista de caminhão.

É nesse período que Sabahattin Ali é assassinado. O contrabandista Ali Erketin assumiu o crime declarando ter espancado o autor de *Madona com casaco de pele* até a morte em uma região próxima à fronteira da Bulgária, em abril de 1948. Erketin forneceu vários detalhes sobre o assassinato, porém, apesar de ter confessado o crime, permaneceu apenas algumas semanas preso.

Hoje, acredita-se que Sabahattin morreu durante interrogatórios e sessões de tortura do Serviço de Segurança Nacional da Turquia. O corpo do autor e alguns dos itens que teriam pertencido a ele acabariam sendo encontrados em um local próximo à região indicada por Erketin, porém seus restos mortais e seus pertences foram levados pelo governo turco para testagem e, até os dias atuais, a filha de Sabahattin, Filiz Ali, aguarda o retorno desses itens e o resultado das investigações. Ainda hoje, Sabahattin Ali não possui uma sepultura.

Nos últimos anos, depois de se tornar um *best-seller* na Turquia, tanto a história de Raif Efêndi e Maria Puder, como a terrível perseguição sofrida por Sabahattin Ali, ganham contornos cada vez mais nítidos de certa presciência sobre amor, separação e isolamento.

Renato Roschel
São Paulo, janeiro de 2021

MADONA COM CASACO DE PELE

DE TODAS AS PESSOAS com quem topei na vida, ninguém causou maior impressão em mim do que Raif Efêndi. Meses já se passaram e ele ainda povoa meus pensamentos. Quando estou sentado sozinho, vejo seu rosto franco, o olhar distante, mas sempre disposto a saudar com um sorriso quem cruzasse seu caminho. Ele não era um homem extraordinário. Na verdade, era bem comum, sem qualquer traço especial, semelhante às centenas de outras pessoas com as quais nos deparamos e que deixamos de notar todos os dias. Não havia nada em sua vida, pública ou privada, que despertasse curiosidade. No fim das contas, era o tipo de indivíduo que nos leva a perguntar: "Com que propósito vive? O que espera da vida? Que lógica o impele a continuar respirando? Que filosofia o anima enquanto vagueia pela terra?". Mas essas são perguntas vãs, se nos limitamos a olhar somente a superfície, se ignoramos que por baixo dela jaz outro reino, onde uma mente engaiolada se inquieta sozinha. É mais fácil, talvez, desconsiderar um homem em cujo rosto não há indicação de vida interior. E que lamentável é tal coisa: bastaria uma pequena dose de curiosidade para descobrirmos tesouros nunca suspeitados. Dito isso, raramente buscamos aquilo que não esperamos encontrar. Coloque um herói no antro de um dragão e sua tarefa será evidente. Há, no entanto, heróis de outra ordem: aqueles que têm a coragem de descer em um poço sobre o qual nada sabemos. Esse, com certeza, não foi o meu caso: conheci Raif Efêndi por pura coincidência.

Depois de perder meu modesto emprego em um banco — ainda ignoro a razão, disseram que se tratava de corte de gastos, mas uma semana depois já tinham contratado outra pessoa para ocupar meu posto —, passei um bom tempo à procura de trabalho em Ancara. Minhas escassas economias me sustentaram durante o verão. Conforme o inverno se aproximava, eu sabia que os dias de dormir no sofá de amigos logo chegariam ao fim. Meu "cartão alimentação" se esgotaria em uma semana e eu não tinha nenhuma condição de renová-lo. Cada entrevista de emprego malsucedida exauria minhas esperanças, mesmo sabendo de antemão que as chances eram mínimas. Escondido dos amigos, eu ia de loja em loja em busca de emprego como vendedor. Após ser rejeitado por todas, perambulava desesperado pelas ruas durante a noite. Às vezes, amigos me convidavam para jantar, no entanto, mesmo na companhia deles, desfrutando de comida e bebida, não conseguia esquecer minha desgraça. E o que era mais estranho: quanto mais a situação piorava, quanto menos certeza eu tinha de estar vivo no dia seguinte, mais aumentavam minha vergonha e relutância em pedir ajuda. Quando encontrava um amigo na rua — alguém que no passado se animara a sugerir outros lugares para eu trabalhar —, passava rapidamente por ele, cabisbaixo. Eu não era mais o mesmo nem com amigos com os quais me sentia, anteriormente, à vontade para pedir alguma coisa para comer ou algum dinheiro emprestado. Quando me perguntavam como eu estava, dava um sorriso desajeitado e respondia: "Nada mal… Faço uns bicos aqui e ali". E em seguida me retirava. Quanto mais precisava dos amigos, mais me esquivava deles.

Um fim de tarde, saí caminhando pela rua tranquila localizada entre a estação e a Sala de Exposições, aspirando as belezas do outono de Ancara, na esperança de que isso me animasse. O sol refletido nas janelas da Casa do Povo perfurava o prédio de mármore branco com buracos cor de sangue. Sobre as mudas das acácias e dos pinheiros pairava uma nuvem de fumaça que bem poderia ser poeira ou vapor, e um grupo de trabalhadores em andrajos, voltando de algum canteiro de obras, avançava curvado e em silêncio pelo asfalto com marcas de pneus… Tudo parecia contente por existir. Tudo estava em seu lugar. Pensei que não havia mais nada a fazer. Nesse mesmo instante, um carro passou por mim. Olhando o motorista de relance, julguei reconhecê-lo. O carro parou um pouco mais adiante e a porta se abriu. Hamdi, um colega dos tempos de escola, pôs a cabeça para fora e me chamou.

Aproximei-me dele.

"Para onde você está indo?", perguntou.

"Para lugar nenhum. Estou apenas dando uma volta."

"Então entre! Vamos para a minha casa!"

Sem esperar por minha resposta, ele me fez entrar no carro. No caminho, Hamdi me explicou que estava voltando de uma série de visitas às fábricas que pertenciam à firma na qual trabalhava: "Já enviei um telegrama para casa avisando quando chegaria. Portanto, estão me esperando. Caso contrário, nunca teria ousado convidar você".

Sorri.

Hamdi e eu costumávamos nos encontrar com certa frequência, mas desde que perdi o emprego não o vira mais. Eu sabia que ele estava ganhando bem como assistente do diretor numa firma que comercializava maquinários, e que também atuava no setor de silvicultura e madeira. Foi exatamente por isso que não o procurei depois de ficar desempregado: temi que ele pensasse que eu pediria dinheiro emprestado, e não um trabalho.

"Você ainda está no banco?", perguntou.

"Não", disse, "saí de lá".

Ficou surpreso.

"E agora, onde você está trabalhando?"

"Estou desempregado", respondi a contragosto.

Ele me olhou de cima a baixo, analisou minha roupa e minha aparência. Depois, para mostrar que não estava arrependido de ter me convidado para ir à sua casa, sorriu e me deu um tapinha cordial nas costas. "Não se preocupe! Vamos discutir isso à noite e encontraremos uma solução."

Hamdi parecia confiante e satisfeito consigo mesmo. Afinal de contas, agora podia se dar ao luxo de ajudar os amigos. Que inveja!

Morava numa casa pequena, mas aconchegante. Sua esposa era simples e amável. Beijaram-se sem embaraço. Em seguida, Hamdi me deixou e foi se lavar.

Como meu amigo não me apresentara a sua mulher, fiquei em pé no meio da sala sem saber o que fazer. Enquanto isso, ela se demorava à porta, analisando-me furtivamente. Parecia estar pensando em algo. Talvez em me convidar para sentar. Por fim, acho que mudou de ideia e se afastou.

Eu me perguntava por que Hamdi tinha me deixado ali daquele jeito. Ele sempre foi muito atencioso com essas coisas — atencioso até demais. Acreditava que esse era um ingrediente necessário para o sucesso. Talvez esta seja uma característica das pessoas que alcançaram posições de importância: comportar-se de maneira deliberadamente desatenta na presença de velhos (e malsucedidos) amigos. Começar a utilizar um paternal e humilde "você" com quem até ali tratara por "senhor". Sentir-se no direito de interromper um amigo no meio de uma fala para fazer-lhe uma pergunta desnecessária, muitas vezes acompanhada de um sorriso meigo e compassivo... Eu encontrara esse comportamento tantas vezes nos últimos dias que nem sequer me passou pela cabeça ficar zangando com Hamdi. Tudo que eu queria era me livrar daquela situação. Foi então que uma velha aldeã de avental branco, véu na cabeça e meias pretas remendadas entrou em silêncio trazendo café. Sentei-me em uma das poltronas — roxa, com flores bordadas com fios de prata — e olhei em volta. Na parede havia fotografias da família e de artistas de cinema. Na estante, que claramente pertencia à esposa, viam-se muitos romances baratos e revistas de moda. Embaixo de uma mesa de apoio havia uma pilha de álbuns que pareciam bastante folheados pelas visitas. Não sabendo o que fazer, peguei um deles, mas, antes de poder abri-lo, Hamdi apareceu à porta. Enquanto penteava o cabelo molhado com uma mão, com a outra abotoava a camisa branca de colarinho aberto ao modo ocidental.

"E então?", disse. "Conte-me as novidades!"

"Não tenho mais nada a dizer além do que já falei."

Ele parecia contente por ter me encontrado; talvez por poder me mostrar a que nível havia chegado. Ou, ao olhar para mim, sentia-se feliz por não ser como eu. Quando um infortúnio aflige pessoas com quem já convivemos, costumamos sentir alívio, como se acreditássemos ter sido poupados e, ao nos convencermos de que sofrem em nosso lugar, sentimos compaixão por essas pobres criaturas. Foi mais ou menos nesse tom que Hamdi me perguntou: "Você ainda escreve?".

"Às vezes… poemas, histórias…"

"E há algum proveito nisso?"

Sorri de novo.

"Abandone essas coisas, meu amigo!"

Em seguida, disse em tom professoral que se eu quisesse ter êxito na vida deveria ser prático, e que ocupações inúteis como a literatura eram prejudiciais depois de concluídos os estudos. Falava comigo como se eu fosse uma criança, sem considerar a possibilidade de que eu pudesse ter algo a dizer. Também não se intimidou em deixar claro que seu êxito profissional lhe dera coragem. Fiquei ali sentado, com um sorriso que com certeza parecia muito tolo e que apenas contribuía para que ele se sentisse ainda mais confiante.

"Venha me ver amanhã de manhã", disse. "Pensaremos em alguma coisa para você. Sei que é um rapaz inteligente. Era bastante preguiçoso também, mas isso não importa. A vida e a necessidade são as melhores professoras... Não esqueça... e chegue cedo!"

Hamdi, pelo jeito, tinha se esquecido completamente de que fora um dos garotos mais preguiçosos da escola. Ou então tomava essas liberdades porque sabia que eu não iria contradizê-lo abertamente.

Quando ele fez menção de levantar-se da cadeira, ergui-me num salto e estendi a mão, me despedindo.

"Com sua licença", eu disse.

"Mas por quê? Ainda é cedo, meu amigo... Mas você é quem sabe."

Só então me lembrei de que ele havia me convidado para jantar. Tinha me esquecido completamente. Mesmo assim, fui em direção à porta.

"Por favor, queira apresentar meus cumprimentos a sua esposa", falei enquanto pegava o chapéu.

"Ah sim, sim. E não esqueça, venha me visitar amanhã! E até lá, não fique desanimado", disse, e deu mais um tapinha nas minhas costas.

Já estava bem escuro quando eu saí. Os postes da rua estavam acesos. Respirei fundo. Havia poeira no ar, mas eu o sentia espetacularmente limpo e refrescante. Caminhei sem pressa para casa.

Na manhã do dia seguinte, fui ao escritório de Hamdi, embora não tivesse nenhuma intenção de fazê-lo ao sair de sua casa na noite anterior. Afinal, ele não fizera nenhuma proposta clara. Todas as pessoas às quais eu pedia ajuda se despediam com as mesmas palavras: "Vou pensar em alguma coisa e ver o que posso fazer por você". Apesar disso, fui. E não era a esperança que me impelia, mas o desejo de ser insultado. Eu dizia para mim mesmo: "Ontem à noite, você ficou sentado quieto. Permitiu que ele agisse como seu benfeitor, não foi? Agora vá até o fim, por mais amargo que seja! É o que você merece!".

O atendente me levou primeiro a uma pequena sala de espera. Quando entrei no escritório de Hamdi, senti, no rosto, o mesmo sorriso tolo e me odiei ainda mais por isso.

Hamdi estava ocupado com papéis empilhados diante dele na mesa, e com funcionários entrando e saindo de seu escritório. Com um aceno de cabeça me indicou uma cadeira e continuou a trabalhar. Eu, sem coragem de cumprimentá-lo, obedeci e fui me sentar. Minha confiança diminuiu a ponto de me deixar atordoado, como se ele fosse meu chefe de verdade; e eu, sinceramente, considerava esse tratamento normal. Que grande abismo se abrira entre mim e meu antigo colega de escola desde o momento em que ele me convidara para entrar em seu carro, pouco mais de doze horas antes! Quão ridículos, quão absurdos, quão vazios são os motivos que regem as relações entre as pessoas, e especialmente quão pouco têm a ver com a verdadeira humanidade!

Nem Hamdi nem eu mudamos desde ontem à noite. Éramos quem éramos. Mas, depois de descobrir algumas coisas sobre nós, permitimos que esses mínimos detalhes nos desviassem para caminhos divergentes... O mais estranho de tudo foi nós dois aceitarmos essa mudança em nossa relação e até a considerarmos natural. Eu não estava zangado nem com Hamdi nem comigo mesmo. Simplesmente queria não estar ali.

Num momento em que o escritório ficou vazio, ele anunciou, erguendo a cabeça: "Achei um emprego para você!". Em seguida, encarando-me com aqueles olhos intrépidos e expressivos, acrescentou: "Ou melhor, inventei um emprego para você! Não vai ser nada cansativo. Seu trabalho será acompanhar nossas transações com diversos bancos, especialmente com nosso próprio banco... Sua tarefa seria mais ou menos a de um articulador, um intermediário entre a empresa e os bancos... e, quando não tiver nada para fazer, pode cuidar das suas coisas... escrever quantos poemas quiser... Já falei com o diretor, vamos contratá-lo... só não temos como lhe oferecer muito por enquanto: quarenta ou cinquenta liras. Mais adiante, podemos lhe dar um aumento, naturalmente. Então é isso! Ao sucesso!".

Estendeu a mão sem se levantar. Retribuí o gesto e agradeci. Seu rosto irradiava uma satisfação sincera por ter me feito aquela gentileza. Pensei então que, na verdade, ele não era um mau sujeito, apenas fazia o que sua posição requeria, e que talvez isso fosse realmente necessário. No entanto, por um momento, quando saí do seu escritório, senti-me tentado a abandonar aquele lugar imediatamente, em vez de ir até o local que ele me indicara. Mas acabei me arrastando, de cabeça baixa, pelo corredor, e perguntando ao primeiro funcionário que vi se poderia me mostrar onde ficava a sala do tradutor Raif Efêndi. Ele fez um gesto vago e seguiu em frente. De novo, me detive. Por que simplesmente não sumia dali? Seria incapaz de sacrificar um salário de quarenta liras? Tinha medo de ofender Hamdi? Não! Eu estava desempregado havia meses. Se fosse embora dali, sairia sem perspectivas, sem saber para onde ir... e totalmente desencorajado. Foram esses pensamentos que me mantiveram no corredor escuro à espera de outro funcionário que pudesse me ajudar.

Por fim, abri uma porta qualquer e vi Raif Efêndi lá dentro. Não o conhecia, mas ao ver um homem debruçado sobre a mesa deduzi que fosse ele. Mais tarde, eu me perguntei como havia chegado a tal conclusão. Hamdi dissera: "Providenciei para você uma mesa no escritório do nosso tradutor Raif Efêndi. É um homem de bom coração e muito quieto. Totalmente inofensivo". Numa época em que todo mundo se tratava por "senhor" ou "senhora", ele ainda era conhecido como Raif *Efêndi*. Talvez tenha sido a imagem evocada por essa descrição o que me levou a acreditar que aquele homem grisalho, de barba crescida e óculos de tartaruga, fosse ele. Entrei.

Ele ergueu a cabeça e olhou para mim com um ar distante. Perguntei: "Você deve ser Raif Efêndi, não?".

Por um instante, ele me observou. Depois, com voz suave e quase medrosa, disse: "Sim. E o senhor deve ser o novo funcionário. Agora há pouco vieram instalar a sua mesa. Bem-vindo! Entre!".

Sentei-me à minha mesa. Examinei os rabiscos e as leves manchas de tinta no tampo. Como é costume fazer quando se está sentado diante de um estranho, eu queria analisá-lo. Lancei olhares furtivos para formar minhas primeiras — e, obviamente, errôneas — impressões. Ele, no entanto, não tinha o mesmo desejo; simplesmente voltou a se debruçar sobre seu trabalho e prosseguiu como se eu não estivesse ali.

Foi assim até o meio-dia. A essa altura, eu já o olhava abertamente, sem medo. Tinha o cabelo cortado rente e começava a ficar calvo no topo da cabeça. A pele entre as orelhas pequenas e o pescoço estava bastante enrugada. Os dedos longos e finos vagavam de um documento para outro enquanto ele fazia suas traduções, sem nenhum sinal de impaciência. Às vezes erguia os olhos, como se procurasse a palavra exata, e, quando nossos olhares se encontravam, fazia uma expressão que lembrava um sorriso. Parecia velho quando visto de cima ou de lado, mas tinha uma inocência encantadora e infantil quando sorria. Seu bigode loiro aparado intensificava esse efeito.

Quando estava saindo para almoçar, eu o vi abrir uma gaveta de sua mesa e tirar uma marmita e um pedaço de pão envolto em papel. Desejei "bom apetite" e deixei o escritório. Passamos dias sentados um diante do outro, mas pouco conversamos. Eu já conhecia alguns funcionários de outros departamentos, com os quais saía à noite para jogar gamão nos cafés. Foi por intermédio deles que fiquei sabendo que Raif Efêndi era um dos empregados mais antigos da empresa. Antes da abertura da firma, atuava como tradutor no banco que agora pertencia a ela. Ninguém se lembrava de quando ele começara lá. Diziam que sua família era numerosa e que seu salário cobria apenas o básico. Quando perguntei por que não lhe davam um aumento, considerando que era um empregado antigo em uma firma que esbanjava dinheiro a torto e a direito, os jovens funcionários riram: "Porque ele é lerdo! Nem temos certeza se é bom mesmo em línguas!". Mais tarde, descobri que seu alemão era excelente e suas traduções eram corretas e elegantes. Traduzia com facilidade uma carta sobre um maquinário de serraria, sobre peças avulsas ou então sobre as características das madeiras de freixo e de pinheiro provenientes do porto de Sušak, na Iugoslávia. Quando traduzia contratos e especificações do turco para o alemão, o diretor da empresa as despachava sem hesitar. Nas horas vagas, abria sua gaveta e lia o livro que mantinha ali, sem pressa e sem tirá-lo de lá. Um dia lhe perguntei: "O que é isso, Raif Bey?". Ele enrubesceu como se tivesse sido apanhado fazendo algo errado e gaguejou: "Nada... é só um romance alemão". E fechou a gaveta. Apesar disso, para os funcionários da firma era pouco provável que ele soubesse outras línguas. Talvez tivessem razão, pois não havia nada que sugerisse o domínio de outro idioma. Nenhuma palavra estrangeira jamais saiu de sua boca. Ele nunca mencionou nada a respeito, não andava com revistas ou jornais de outros países. Em suma, não era o tipo de homem que revela seus conhecimentos em francês.

Para piorar, o fato de ele não pedir aumento de salário com base em seu conhecimento e de não procurar outro emprego que pagasse mais reforçava a opinião que tinham a seu respeito.

Todos os dias, chegava pontualmente ao trabalho, almoçava no escritório e, depois de comprar alguns mantimentos, voltava direto para casa. Eu o convidei algumas vezes para ir ao café comigo, mas ele nunca aceitou. "Estão me esperando em casa", dizia. Ele deve ser um pai de família feliz, pensava eu, correndo para se reunir com a esposa e os filhos em casa. Por fim, descobri que não era bem assim, mas relatarei tudo mais adiante. Seus muitos anos de trabalho árduo não impediram que fosse desprezado na firma. Se nosso amigo Hamdi achasse um minúsculo erro tipográfico nas traduções de Raif Efêndi, logo chamava o pobre homem. Às vezes vinha até nossa sala para repreendê-lo. Hamdi era sempre mais cauteloso com os outros funcionários. Ciente de que cada um deles devia seu emprego a conexões de família, não pretendia arrumar problemas. Porém ralhava com Raif Efêndi em um tom de voz alto o bastante para todo o prédio ouvir. Bastava que uma tradução estivesse algumas horas atrasada. Fazia isso porque sabia que Raif Efêndi nunca ousaria enfrentá-lo. Existe embriaguez mais doce do que exercer força e autoridade sobre alguém de sua própria espécie? Trata-se, contudo, de um prazer raro, que deve ser calculado cuidadosamente e usado somente com certo tipo de pessoa.

Raif Efêndi ocasionalmente caía doente e se ausentava do escritório. Na maioria das vezes era apenas um resfriado, mas um episódio de pleurisia alguns anos antes redobrara sua cautela. Bastava um leve resfriado para ele se trancar em casa. Quando voltava a sair, usava várias camadas de agasalho. No escritório, não deixava que abrissem as janelas e à noite se embrulhava até as orelhas em cachecóis. Não saía para a rua sem antes esticar ao máximo a aba do casaco grosso e um pouco puído. Mesmo quando estava doente, porém, não negligenciava o trabalho. Um contínuo entregava em sua casa todos os documentos que deveriam ser traduzidos e os recolhia algumas horas depois. Mesmo assim, sempre que Hamdi ou o diretor o admoestavam, era como se lhe dissessem: "Não esqueça a compaixão que temos por você! Apesar de suas constantes faltas em razão de doença, não o mandamos embora!". Eles nunca perdiam a oportunidade de jogar isso na cara dele. Quando o pobre homem voltava, depois de uma ausência de muitos dias, em lugar de lhe desejarem saúde, faziam comentários mordazes: "E aí, como vai? Espero que essa tenha sido a última vez, não?". Nesse meio-tempo, também comecei a me cansar de Raif Efêndi. Eu não ficava muito no escritório. Passava a maior parte do tempo com minha pasta de documentos indo de banco em banco ou nas diversas instituições governamentais das quais tínhamos recebido pedidos. Às vezes passava parte do dia na minha mesa organizando os documentos antes de entregá-los ao diretor ou a seu assistente. Mesmo ficando pouco tempo no escritório, me agoniava aquela figura exasperante sentada inerte diante de mim, traduzindo sem parar, isso quando não estava lendo seu "romance alemão" dentro de uma gaveta. Ele era, pensei, tímido demais para ousar explorar a própria alma, que dirá expressá-la. Para mim, tinha tanta vida interior quanto uma planta. Feito um robô, ia para o escritório todas as manhãs, fazia seu trabalho, lia seus livros com uma cautela incompreensível, e à noite fazia compras e voltava para casa. Ao que parece, esse torpor diário, que já se estendia por muitos anos, só fora interrompido por suas doenças. De acordo com meus novos amigos, ele sempre foi assim. Ninguém se lembrava de tê-lo visto, uma vez que fosse, animado com alguma coisa. Mesmo diante da acusação mais infundada e injusta, respondia com um olhar calmo, inexpressivo; quando pedia à secretária para datilografar uma tradução, sempre agradecia com o mesmo sorriso idiota.

Um dia, uma tradução atrasou simplesmente porque as datilógrafas deram pouca importância ao trabalho de Raif Efêndi. Hamdi entrou em nossa sala e com uma expressão muito severa disse: "Até quando teremos que esperar? Eu disse que era urgente. Avisei que estava saindo. E você ainda não traduziu a carta da empresa da Hungria!".

Levantando-se rapidamente da cadeira, Raif Efêndi gritou: "Eu já terminei a tradução, senhor! As moças não tiveram tempo de datilografar. Elas tinham outros trabalhos para fazer!".

"Eu não lhe disse que esse trabalho era prioridade?"

"Sim, senhor, eu disse isso a elas também!"

Hamdi voltou a erguer a voz: "Em vez de retrucar, faça seu trabalho!". Ao sair, bateu a porta.

E Raif Efêndi deixou a sala logo atrás dele para implorar, mais uma vez, às datilógrafas que o atendessem.

Fiquei pensando em Hamdi, que durante sua encenação não se dignara a lançar um único olhar para mim. Momentos depois, o tradutor do alemão voltou e se debruçou novamente sobre sua mesa. Como sempre, seu comedimento me deixou surpreso e furioso. Ele pegou um lápis e começou a rascunhar algo num papel. Não estava escrevendo: estava desenhando. Mas não era um gesto impensado como o de um homem nervoso. Havia um leve sorriso confiante sob o bigode loiro e nos cantos da boca. Sua mão se movia depressa pela folha. Apertava os olhos para ver com mais precisão. Entendi por aquele sorriso confiante que ele estava satisfeito com o que via. Por fim, pôs o lápis de lado para analisar cuidadosamente o desenho; eu não o perdia de vista. Até aquele dia, nunca o vira com aquela expressão no rosto. Era a expressão de alguém que está de luto. Minha curiosidade me deixou agitado. Estava a ponto de me levantar quando ele se ergueu de sua mesa para dirigir-se novamente ao escritório das secretárias. Num movimento rápido, fui até a mesa dele, peguei a folha e fiquei paralisado, desnorteado.

Vi um desenho perfeito de Hamdi. Com alguns traços magistrais, Raif Efêndi havia capturado a essência daquele homem. Outros, talvez, não percebessem nenhuma semelhança entre Hamdi e o desenho; é possível que ao observá-lo linha por linha as semelhanças desaparecessem, porém, para quem acabava de ver Hamdi berrando naquela mesma sala, não havia equívoco possível. A boca era um retângulo indescritivelmente vulgar, uivando com fúria animal. Nos olhos — duas linhas —, pude ver tanto o desejo de perfurar o objeto de sua raiva como a frustração de não poder fazê-lo. O nariz, cujas abas se espandiam de modo exagerado para as bochechas, conferia ao rosto um ar selvagem... Sim, ali estava o homem que adentrara enfurecido aquele recinto minutos antes, ou melhor, ali estava o esboço de sua alma. Mas não foi isso que me deixou atordoado. Desde que entrara naquela empresa, meses antes, eu lançara uma série de julgamentos sobre Hamdi. Às vezes tentava desculpá-lo, mas, na maior parte do tempo, eu o depreciava. Era incapaz de enxergar naquele homem a pessoa que passara tanto tempo sem ver. E, depois que Raif Efêndi o resumiu em traços tão bem-feitos, eu não conseguia mais ver Hamdi da mesma maneira. Além de sua expressão selvagem e primitiva, havia algo de patético nele. Eu nunca tinha visto o limite entre a crueldade e a ruína tão bem desenhado. Era como se, passados dez anos, eu tivesse acabado de conhecer meu amigo.

Ao mesmo tempo, e de chofre, pude, por meio daquele desenho, entender Raif Efêndi. Compreendi sua serenidade inabalável e sua estranha relutância em se relacionar com as pessoas. Como seria possível que um homem tão intimamente conhecedor de seu entorno, com observações tão precisas e claras sobre os outros, se zangasse ou se entusiasmasse? Que outra escolha teria um homem assim diante de tanta pequenez, senão permanecer firme como uma rocha? Nossas aflições, nossas decepções, nossos acessos de fúria... sucumbimos a eles quando algo inesperado nos acontece, quando alguma coisa não faz sentido. É possível abalar um homem que está pronto para tudo, e que sabe exatamente o que esperar das pessoas?

Mesmo assim, havia algo em Raif Efêndi que me intrigava. Passavam por minha cabeça várias contradições que o desenho não trouxera à tona. O rigor da execução não era nada amador, ao contrário, era de alguém que certamente possuía anos de prática. Percebia-se mais do que o olho capaz de enxergar a essência das coisas. Via-se também a mão habilidosa, capaz de registrar essa essência em detalhes finos e elegantes.

A porta se abriu. Tentei agir rápido e abandonar o desenho sobre a mesa, mas era tarde demais. Ao ver Raif Efêndi se aproximar de mim com a tradução da carta da firma húngara, falei, desculpando-me: "Que desenho bonito".

Achei que ele se surpreenderia e ficaria preocupado com a possibilidade de eu revelar seu segredo para alguém. Nada disso. Com seu usual sorriso vago e distante, pegou o desenho de minha mão.

"Por um tempo, muitos anos atrás, me interessei por arte", disse. "De vez em quando faço uns rabiscos, só para não perder o costume… coisas tolas, como pode ver… para passar o tempo…"

Amassou o desenho e jogou-o na cesta de lixo.

"As secretárias datilografaram muito rápido", resmungou. "Deve ter alguns erros, mas se eu sentar para conferir, Hamdi Bey vai ficar ainda mais irritado. E ele tem razão. É melhor levar para ele agora."

Dizendo isso, saiu da sala. Eu o segui com os olhos. "E ele tem razão", repeti para mim mesmo. "E ele tem razão."

A partir daquele dia, passei a me interessar por todos os gestos de Raif Efêndi, fossem triviais ou absurdos. Impaciente para conhecer melhor sua verdadeira identidade, aproveitava toda e qualquer ocasião para puxar conversa. Ele não deu mostras de ter percebido como eu me tornara sociável. Por mais gentil que eu fosse, ele continuava distante. Por fora, parecia que estávamos nos tornando amigos, mas ele nunca se abria comigo. Especialmente depois que conheci sua família e vi de perto as tarefas que ela lhe impunha, fiquei ainda mais curioso a seu respeito. Quanto mais me aproximava, mais enigmas eram lançados em meu caminho.

Foi durante uma de suas crises de saúde que fui pela primeira vez à sua casa. Hamdi estava despachando um contínuo com uma carta que precisava ser traduzida para o dia seguinte.

"Me dê a carta", eu disse. "Será uma oportunidade para eu fazer uma visita a ele."

"Ótimo. E tente descobrir o que ele tem. Está demorando demais desta vez!"

De fato, aquele havia sido o período em que ele ficara doente por mais tempo. Fazia mais de uma semana que não aparecia no escritório. Um dos contínuos me explicou aonde ir: uma casa no bairro de Ismetpaşa. Estávamos em pleno inverno. Percorri ao anoitecer ruas estreitas e com o asfalto quebrado que em nada lembravam as avenidas de Ancara. Uma ladeira aqui, um morro ali. Depois de um longo trajeto, aparentemente chegando aos arredores da cidade, virei à esquerda. Entrei em um café de esquina e pedi informações sobre um sobrado amarelo que ficava no centro de um terreno repleto de entulhos. Eu sabia que Raif Efêndi morava no andar térreo. Quando finalmente encontrei a casa, toquei a campainha. Uma garota que parecia ter uns doze anos abriu a porta. Quando perguntei pelo pai, ela apertou os lábios e fez uma careta afetada.

"Entre", disse.

O interior da casa era bem diferente do que eu havia imaginado. No corredor, que parecia ter se transformado em sala de jantar, havia uma mesa dobrável grande. No canto, uma cristaleira repleta de itens de cristal. No chão, um lindo tapete de Sivas. Da cozinha, ao lado, vinha um cheiro de comida. A garota me conduziu até a sala de estar. Ali, os móveis também eram finos, caros até. Poltronas de veludo vermelho, mesinhas de centro de nogueira e, encostado em uma parede, um enorme rádio. Rendas finas na cor creme adornavam as mesas e os encostos das cadeiras. Pendurada na parede havia uma placa em forma de navio com uma oração.

Alguns minutos depois, a menina entrou com café. No rosto ainda trazia estampada aquela expressão mimada e zombeteira. Quando voltou para buscar minha xícara, disse: "Meu pai não está bem, senhor. Ele não pode se levantar da cama. Pediu para o senhor entrar". Ao pronunciar essas palavras, parecia que estava tentando me dizer, com os olhos e as sobrancelhas, que eu não merecia tratamento tão gentil.

Entrei no quarto de Raif Efêndi e fiquei perplexo. Não havia nenhuma semelhança com o restante da casa. Era um quartinho que mais parecia o dormitório de um internato ou de uma ala hospitalar, com uma fileira de leitos brancos. De óculos e sentado em uma das camas, Raif Efêndi fez um esforço para me cumprimentar. Procurei uma cadeira. As únicas duas que encontrei estavam cobertas de agasalhos, meias femininas e vestidos de seda jogados ali com displicência. Num canto, havia um armário castanho avermelhado — de portas semiabertas —, com vestidos e ternos desleixadamente pendurados, e, embaixo, trouxas amarradas em nó. Uma impressionante desordem imperava no quarto. Na cômoda a seu lado, sobre uma bandeja de latão, havia uma tigela de sopa vazia que parecia estar lá desde a hora do almoço, além de uma jarra de boca estreita e muitos tipos de remédio, alguns em frascos, outros em garrafas.

"Sente-se aí, meu amigo", disse o enfermo, apontando para a extremidade da cama.

Foi o que fiz. Ele estava usando um pulôver feminino todo colorido com furos nos cotovelos. Sua cabeça se apoiava na cabeceira branca de ferro. Suas roupas estavam penduradas ao pé da cama, onde eu me instalara.

Ao me ver observando o quarto, o dono da casa explicou: "Partilho este quarto com as crianças... elas fazem uma bagunça tremenda... É, na verdade, uma casa pequena, não cabemos todos nela".

"Sua família é muito grande?"

"E como! Tem minha filha mais velha, que estuda no *lycée*. Tem a que você viu. Minha cunhada e o marido dela, além de dois cunhados. E minha cunhada tem dois filhos. Todos sabemos como é difícil achar moradia em Ancara. Se nos separássemos, seria impossível."

Nesse momento a campainha tocou e, pela agitação e gritaria que se seguiu, deduzi que se travava de outro membro da família que acabava de chegar. Alguns instantes depois, a porta do quarto se abriu. Entrou uma mulher de uns quarenta anos, rechonchuda e com cabelos curtos emoldurando o rosto. Ela se aproximou de Raif Efêndi, curvou-se e segredou-lhe alguma coisa ao ouvido. Sem responder, ele apontou na minha direção.

"Um amigo do escritório", apresentou-me, e completou apontando para ela: "Minha esposa".

Voltando-se para a mulher, ele disse: "Pegue no bolso da minha jaqueta!".

Dessa vez ela não se curvou para segredar ao ouvido: "Nossa, eu não vim aqui pedir dinheiro! Quem vai comprar pão? Você ainda está na cama!".

"Mande a Nurten! A padaria fica na esquina."

"Você realmente espera que eu mande uma criança sair a esta hora da noite? Nesse frio... além disso, ela é menina... De todo jeito, mesmo que eu pedisse, você acha que ela me obedeceria?"

Raif Efêndi pensou um pouco, depois assentiu, como se tivesse achado a solução: "Ela vai, ela vai", disse, e olhou fixamente para frente.

Depois que a mulher saiu do quarto, ele se voltou para mim e falou: "Até comprar pão é um problema nesta casa. Quando fico doente, eles não conseguem achar mais ninguém para fazer isso!".

Escrupulosamente, perguntei: "Seus sobrinhos são jovens?".

Ele olhou para mim sem responder. Parecia até não ter ouvido. Alguns minutos depois, porém, disse: "Não, não são jovens! Os dois estão empregados. São funcionários, como nós. A irmã do meu cunhado arranjou uma colocação para eles no Ministério da Economia. Não terminaram os estudos. Nem mesmo um diploma de ensino médio eles têm!".

Interrompendo o que dizia, perguntou de repente: "Você me trouxe alguma coisa para traduzir?".

"Sim, eles precisam para amanhã. Enviarão o contínuo logo cedo para buscar."

Ele pegou os papéis e os deixou de lado.

"Estou preocupado com essa sua doença."

"Obrigado. Já faz um tempo que estou assim. Não tenho coragem de me levantar!"

Seu olhar era misterioso, como se tentasse perscrutar se ainda mantinha meu interesse. Eu estava disposto a qualquer coisa para convencê-lo de que sim, pois era a primeira vez que via naqueles olhos um mínimo de emoção. Aquele olhar não durou muito. Logo ele voltou à sua antiga falta de expressão e ao sorriso vago de sempre.

Levantei-me, suspirando.

De repente ele se empertigou na cama e segurou minha mão: "Filho, agradeço muito a sua visita!".

O tom de voz era caloroso, como se ele percebesse o que se passava dentro de mim.

De fato, foi a partir dessa visita que nos aproximamos um do outro. Eu não diria que ele começou a me tratar de maneira diferente. Nunca passaria pela minha cabeça afirmar que ele se sentia confortável na minha presença ou que começara a se abrir comigo. Continuava silencioso, o homem retraído de sempre. Em algumas noites, no entanto, saíamos do escritório e caminhávamos juntos até a casa dele. Às vezes, eu entrava e tomava café na sala de estar dos móveis vermelhos. Nessas ocasiões, porém, ou permanecíamos calados ou conversávamos sobre coisas triviais — o alto custo de vida em Ancara ou como eram horríveis as calçadas do bairro de Ismetpaşa. Raramente ele mencionava a família ou os filhos. Às vezes, dizia: "Minha filha tirou nota ruim em aritmética de novo", e mudava de assunto. Eu me abstinha de perguntar qualquer outra coisa sobre o tema, afinal de contas, desde a minha primeira visita, eu não tivera boa impressão de sua família. Naquela ocasião, após me despedir do colega doente, passei pelo corredor e vi dois garotos de quinze ou dezesseis anos agachados ao lado da mesa grande junto com uma menina de mais ou menos a mesma idade; sem esperar que eu me afastasse, os três começaram a sussurrar e a dar risadinhas. Eu sabia que não havia nada de engraçado com minha aparência, mas que, como todo adolescente de cabeça oca, eles se sentiam importantes rindo de alguém que passava. Até mesmo a pequena Nurten precisava se esforçar para ser aceita. Em minhas visitas posteriores, vi mais das mesmas coisas. Também sou jovem, tenho vinte e cinco anos incompletos, mas sempre me surpreendi com o hábito daqueles adolescentes: ao ver um estranho pela primeira vez, olhavam para ele com evidente curiosidade, como se nunca tivessem visto ninguém parecido. Concluí que a situação familiar de Raif

Efêndi não era nada agradável: ali o tratavam como um estorvo, como algo inútil.

Mais tarde, quando minhas visitas se amiudaram, conheci melhor as crianças. Não eram más criaturas, mas eram vazias, totalmente vazias por dentro. Todas as suas impertinências resultavam disso. Esse vazio enorme as impelia a zombar, caçoar e ridicularizar as outras pessoas. Essa era sua fonte de satisfação, a única maneira que conheciam de se afirmar. Eu prestava atenção no modo como conversavam. Vedat e Cihat eram os funcionários mais jovens do Ministério da Economia, mesmo assim só sabiam menosprezar os outros colegas de repartição. Já a filha mais velha de Raif Efêndi, Neclâ, quando abria a boca era para criticar os colegas de escola. Estavam sempre ridicularizando os outros pela forma como andavam ou se vestiam, embora fizessem basicamente as mesmas coisas.

"Você viu só a roupa que a Mualla usou para o casamento? Hi hi hi..."

"Você deveria ter visto como aquela garota esnobou o Orhan... hi hi hi..."

Por sua vez, Ferhunde Hanım, a cunhada de Raif Efêndi, não pensava em outra coisa senão em cuidar dos dois filhos de três e quatro anos. Porém, quando conseguia que a irmã mais velha ficasse com eles, corria para se maquiar, enfiava apressadamente um vestido de seda e saía. Eu a vi algumas vezes diante do espelho do armário da sala de jantar ajustando um chapéu de tule sobre o cabelo tingido e cacheado. Apesar de ainda bastante jovem — não passava dos trinta anos de idade —, viam-se rugas nos cantos de sua boca e de seus inquietos olhos azul-turquesa, os quais refletiam uma agitação interior que devia ser de nascença. Seus filhos eram pálidos, malcuidados e andavam com as mãos e o rosto sujos. Hanım ralhava com eles como se fossem um castigo infligido a ela por algum inimigo cruel. Sua maior preocupação era evitar que os pequenos encostassem as mãos sujas em seu vestido quando ela estava se arrumando para sair.

Já o marido de Ferhunde, Nurettin Bey — que atuava como diretor no mesmo setor do Ministério da Economia —, era uma outra versão de Hamdi. Tinha por volta de trinta anos. Era o tipo de homem que se envaidece ao pentear o cabelo castanho ondulado para trás e que, ao dizer um simples "como vai?", acena de leve com a cabeça como se tivesse acabado de dizer algo muito sábio. Quando alguém falava com ele, fixava o olhar na pessoa e sorria, como quem diz: "Que conversa é essa, hein? Até parece que você sabe do que está falando".

Depois de concluir a escola técnica, por alguma razão ele fora mandado para a Itália com o objetivo de se especializar no comércio de couro, mas a única coisa que aprendera por lá fora um pouco de italiano e a se portar como pessoa importante. A isso acrescentara suas próprias ideias de como ser bem-sucedido na vida. Primeiro, via-se como alguém digno de uma alta posição e, portanto, de emitir opiniões sobre qualquer assunto, independentemente de saber muito ou pouco sobre o tema em questão. Ao criticar a todos, conseguia convencê-los de sua importância (acho que as crianças da casa adquiriram esse hábito do tio, a quem admiravam muito). Segundo, ele se vestia com muito esmero, barbeava-se todos os dias, passava a ferro sua calça puída à perfeição. Aos sábados, perambulava pelas lojas à procura dos sapatos mais chiques e das meias mais fantásticas. Pelo que descobri depois, gastava todo o seu salário em roupas para ele e para a esposa. Os cunhados, por sua vez, não ganhavam mais do que trinta e cinco liras cada, o que significava que todas as despesas domésticas recaíam sobre os ombros do nosso amigo Raif Efêndi, com seu parco salário. Apesar disso, salvo o pobre velho, Nurettin Bey mandava em todos na casa. Eles viam Mihriye Hanım, esposa de Raif, com os mesmos olhos. Não tendo completado quarenta anos de idade, ela já era velha, gorda e deformada, com os seios caindo até o umbigo. Passava o dia inteiro na cozinha fazendo comida e, nas horas livres, cosendo pilhas e mais pilhas de meias e cuidando dos filhos malcriados da irmã. Ela não recebia ajuda dos outros, que acreditavam merecer mais do que ela podia oferecer; e havia cenas desagradáveis quando não gostavam da comida que ela preparava. Quando Nurettin Bey dizia, indignado: "O que significa isso, minha querida?", mais parecia que estava querendo dizer: "Para onde foram as centenas de liras com as quais eu contribuí?". E os dois cunhados, sentados na mesa de jantar com seus lenços de sete liras no pescoço, invariavelmente diziam: "Eu não gostei dessa comida, vá fritar uns ovos para mim", ou "Ainda estou com fome, frite *sucuk* para mim". Sem pestanejar, mandavam Mihriye Hanım de volta para a cozinha, e se numa noite precisassem de alguns trocados para comprar pão, em vez de tirar dos próprios bolsos iam até o quarto de Raif Efêndi acordá-lo e, como se não bastasse, ainda se zangavam por ele não ter se recuperado a tempo de ir à mercearia.

Apesar da bagunça das partes da casa que os convidados raramente viam, o corredor e a sala de estar, graças a Neclâ, estavam sempre perfeitamente arrumados. Os outros conseguiam manter essa ilusão mesmo quando amigos vinham visitá-los.

Juntos, pagavam as prestações dos móveis, diminuindo ainda mais seus recursos. Mas agora tinham um conjunto de veludo vermelho que deixava os convidados boquiabertos, além de um rádio de doze válvulas cujo volume o bairro inteiro podia ouvir. Havia também, na cristaleira, um jogo de cristais com fios de ouro que impressionava muito os amigos de Nurettin Bey, que vinham com frequência tomar *rakı* em casa.

Embora Raif Efêndi bancasse todos esses custos, não fazia diferença se ele estava presente ou não. Todos na família, do mais novo ao mais velho, o consideravam irrelevante. Falavam com ele apenas sobre as necessidades diárias e problemas financeiros, nada mais. E na maior parte das vezes, preferiam que Mihriye Hanım atuasse como intermediária. Dispensavam-no pela manhã feito um autômato com uma lista de compras para que voltasse à noite com os braços cheios. Cinco anos antes, quando estava namorando Ferhunde Hanım, Nurettin Bey era o mais atencioso possível com Raif Efêndi, tentando ser o pretendente perfeito e nunca esquecendo, a cada visita, de levar algo para agradar o futuro cunhado; agora, porém, agia como se fosse uma impertinência dividir a casa com um homem tão insignificante. Todos se zangavam por ele não ganhar mais dinheiro, por ele não poder lhes dar uma vida mais luxuosa. Ao mesmo tempo, consideravam-no um homem sem valor — uma nulidade. Talvez por influência dos tios, até mesmo Neclâ, que dava a impressão de ter a cabeça no lugar, e Nurten, ainda no ensino fundamental, pareciam ter a mesma opinião. O afeto que lhe davam era apressado, como se fosse uma tarefa enfadonha. Quando ele caía doente, demonstravam aquela falsa compaixão que se oferece apenas aos mendigos. Apesar de desencorajada, Mihriye Hanım, que havia anos trabalhava duro e incessantemente para sobreviver, e até se tornara um pouco abobalhada, apoiava o marido, fazendo tudo para que os filhos não o menosprezassem ou o desprezassem.

Algumas noites, quando havia visitas, com receio de que um de seus irmãos ou Nurettin Bey gritasse com ele para que saísse para fazer compras, ela o levava até o quarto e, com a voz doce, perguntava: "Você poderia ir até o mercadinho comprar oito ovos e uma garrafa de *rakı*? Não vamos fazê-los levantar da mesa!". Mas ela mesma nunca se perguntou por que ela e o marido não se sentavam à mesa, ou por que, em quarenta anos, nas raras ocasiões em que o fizeram, foram tratados com tanto desrespeito e olhares atravessados.

Raif Efêndi a tratava com uma estranha espécie de compaixão. Era como se sentisse pena daquela mulher que nunca tirava o avental por falta de tempo. Às vezes lhe perguntava: "Como você está, mulher, o dia foi muito cansativo?". Outras vezes a chamava de lado para perguntar como as crianças estavam indo na escola ou para falar das despesas que o próximo feriado religioso acarretaria.

Ele não demonstrava apego por nenhum outro membro da família. Às vezes olhava fixamente para a filha mais velha, como se esperasse que ela dissesse algo, alguma palavra meiga e calorosa. Tais momentos, no entanto, passavam rápido, com um gracejo tolo ou um sorriso descabido, lembrando-o do abismo que havia entre os dois.

Pensei muito sobre essa situação toda. Parecia impossível que um homem como Raif Efêndi — não tinha ideia de que tipo de homem ele poderia ser, mas tinha certeza de que não era o que eu via —, que alguém como ele escolhesse, por vontade própria, se afastar das pessoas mais próximas. Era como se não quisesse que os mais próximos o conhecessem, e, de todo modo, ele não era o tipo que se esforça para ser conhecido. Não havia nenhuma possibilidade de o gelo derreter, de eliminar-se aquele terrível distanciamento que os separava. Em vez de se dedicar à onerosa tarefa de se conhecer, eles preferiam vagar cegamente, percebendo a presença do outro somente quando se esbarravam.

Mas, como mencionei antes, a impressão que se tinha era que Raif Efêndi esperava alguma coisa da filha mais velha, Neclâ. Por mais que ela imitasse os trejeitos faciais e corporais da tia maquiada e aceitasse as orientações espirituais do tio pretensioso, parecia haver traços de uma pessoa genuína dentro daquela casca grossa. Quando ela repreendia a irmã, Nurten, por insultar o pai, percebia-se nela, às vezes, uma verdadeira indignação. Quando, no quarto ou à mesa, falavam com grande desdém de Raif Efêndi, ela se retirava rapidamente, batendo a porta atrás de si. Mas isso acontecia só de vez em quando, nos momentos em que ela deixava respirar a pessoa autêntica que havia dentro de si. Sua falsa personalidade, pacientemente moldada, por anos, pelo seu entorno, era forte o bastante para manter sua verdadeira identidade reprimida.

O colossal silêncio de Raif Efêndi diante de tudo me deixava irritado — talvez isso se devesse à impaciência da minha juventude. Tanto no escritório como em casa, ele não só tolerava o desprezo daquelas pessoas com as quais não tinha nada em comum, como parecia não ver nada de errado nisso — eu sabia muito bem que pessoas que se sentem incompreendidas e julgadas erroneamente pelos que estão ao redor, com o tempo começam a sentir um prazer amargo e a orgulhar-se de sua solidão, mas nunca imaginei que uma pessoa pudesse gostar de ser desprezada.

Percebi, em várias ocasiões, que ele não era um homem indiferente aos seus próprios sentimentos. Ao contrário, sabia que ele era atento, detalhista, e que facilmente se melindrava. Ele olhava para as coisas diretamente, sem desvios, sem perder nada. Um dia, ao ouvir as filhas discutindo sobre quem deveria trazer meu café, ele não disse nada, mas dez dias depois, quando voltei à sua casa, Raif gritou para elas: "Não façam café! Ele não toma!".

Ao impedir que o mesmo incidente se repetisse, ele me mostrou a que ponto ficara aborrecido com o episódio. Raif se abriu comigo e nossos laços se estreitaram.

Nossas conversas continuavam superficiais, mas isso já não me deixava intrigado. Passei a acreditar que podia existir prazer em permanecer em um silêncio paciente, apenas observando os vícios dos outros com compaixão e desfrutando de sua banalidade. Quando caminhávamos lado a lado, eu sentia mais intensamente sua humanidade. Foi então que comecei a entender que não é apenas por meio de palavras que as pessoas se procuram e se compreendem. Alguns poetas inclusive buscam companhia para, em silêncio, contemplar a beleza da natureza. Apesar de não saber bem o que estava aprendendo com aquele homem taciturno que caminhava ao meu lado, eu estava seguro de estar aprendendo muito mais com ele do que em anos com um professor.

Eu sentia que ele gostava da minha companhia. Já não era tímido e arredio, como com todo mundo e como fora comigo quando nos conhecemos. Havia dias, porém, em que uma coisa selvagem se manifestava: seus olhos se estreitavam, perdendo toda expressão, e, ao ser abordado, respondia lentamente, mas com uma voz que proibia qualquer aproximação. Em dias assim, negligenciava até mesmo as traduções: deixava a caneta de lado e passava horas olhando fixamente para a pilha de papéis à sua frente. Dava a impressão de que se refugiava em outro tempo, em um lugar que só pertencia a ele, e todos os meus esforços em trazê-lo de volta eram vãos. Eu ficava muito preocupado, pois, por estranho que pareça, geralmente depois de episódios assim, Raif Efêndi caía doente. Infelizmente, eu logo descobriria a razão para esse comportamento. Mas relatarei tudo a seu tempo.

Um dia, em meados de fevereiro, Raif Efêndi mais uma vez não compareceu ao escritório. Quando fui à sua casa, à noite, sua esposa, Mihriye Hanım, abriu a porta.

"Ah, é o senhor? Entre! Ele adormeceu há pouco. Mas se o senhor quiser, posso acordá-lo", ela disse.

"Não, não precisa incomodá-lo. Como ele está?"

Depois de me conduzir à sala de estar, ela respondeu: "Está com febre. Também se queixa de dor de estômago". E em seguida, acrescentou com voz queixosa: "Ele não se cuida, pobre homem... não é mais criança... perde a paciência por nada... não sei por quê... ele não conversa com ninguém... sai pelas ruas... aí fica doente de novo... e acaba na cama".

Nesse momento, ouvimos a voz de Raif Efêndi que chamava do quarto ao lado. A mulher correu até lá. Eu fiquei perplexo. Um homem tão zeloso com a própria saúde, que se agasalha com pulôveres e cachecóis... como podia ser capaz de tamanha imprudência?

Mihriye Hanım voltou à sala e disse: "Ele acordou com a campainha. Entre, por favor!".

Dessa vez, ele parecia bastante abatido. Seu rosto estava amarelado e sua respiração ofegante. O sorriso infantil de sempre me deu a impressão de que agora cansava os músculos faciais. Por trás dos óculos, seus olhos pareciam mais distantes que nunca.

"O que aconteceu com você, Raif Bey? Estimo melhoras!"

"Obrigado!"

Sua voz estava um pouco rouca. Quando ele tossia, o peito inteiro estremecia e ele resfolegava.

Para satisfazer minha curiosidade, perguntei: "Como você pegou esse resfriado? Saindo nesse frio, imagino".

Ele fitou os lençóis brancos da cama por um bom tempo. O pequeno braseiro que sua mulher e os filhos haviam espremido entre as camas deixava o quarto bem aquecido. Apesar disso, aquele homem ainda parecia estar com frio. Puxando o cobertor até o queixo, disse: "Sim, acho que peguei um resfriado. Ontem à noite, depois do jantar, saí um pouco".

"Foi a algum lugar específico?"

"Não. Só queria dar uma volta. Não sei... acho que estava um pouco chateado…"

Fiquei surpreso ao ouvi-lo admitir que estava chateado com alguma coisa.

"Acho que caminhei demais. Fui até o Instituto de Agricultura. Até o começo do cerro de Keçiören. Será que andei rápido demais? Não sei. Senti calor e abri o casaco.

Estava ventando, e nevando um pouco também. Devo ter me resfriado."

Caminhar por ruas desertas, por horas, à noite, em meio ao vento e à neve, com o peito exposto ao frio era algo que eu não esperava de Raif Efêndi.

"Você estava aborrecido com alguma coisa?", perguntei.

Ele respondeu agitado: "De maneira alguma, meu caro amigo. Acontece, às vezes, de eu querer caminhar à noite sozinho. Vai saber... acho que o barulho dentro de casa me aborrece!".

Então, como se tivesse falado demais, apressou-se em dizer: "As pessoas costumam fazer coisas assim ao envelhecer. Não podemos culpar os jovens!".

Voltei a ouvir ruídos e sussurros fora do quarto. A filha mais velha acabara de chegar da escola e foi beijar o pai: "Como está se sentindo, querido pai?".

Então ela se virou e pegou minha mão: "Isso sempre acontece, o tempo todo, senhor... De vez em quando, uma ideia lhe ocorre de repente e ele diz que vai para o café... depois, resfria-se no café ou no caminho de volta para casa e cai de cama... Perdi as contas de quantas vezes isso já aconteceu... não faço nem ideia do que há naquele café!".

Depois de tirar o casaco e jogá-lo numa cadeira, a filha saiu do aposento. Aparentemente Raif Efêndi já estava acostumado com esse comportamento e não lhe deu maior importância.

Olhei para o rosto do enfermo. Ele se virou para olhar para mim e, naqueles olhos, não havia nenhuma expressão, nenhuma surpresa. Eu estava menos interessado em saber por que ele mentira para a família do que em saber por que me dissera a verdade, mas senti orgulho disso: o orgulho de estar mais próximo de alguém do que os outros.

No caminho de volta para casa, fiquei cismando. Será que Raif Efêndi era de fato aquele homem simples, sem conteúdo? Estava claro que ele não tinha nenhum objetivo, nenhuma paixão, nenhuma relação com os outros, nem mesmo com os mais próximos. O que ele queria da vida? Será que era esse vazio interior, essa falta de objetivo que o impelia a sair de casa e vagar pelas ruas à noite?

Nessa altura, percebi que havia chegado ao hotel onde morava. Era um quarto que eu dividia com um amigo e no qual mal cabiam duas camas. Passava um pouco das oito horas. Como não estava com fome, pensei em subir para o quarto e ler um pouco, mas logo desisti da ideia, pois era exatamente naquele horário que, no café do andar de baixo do hotel, ligavam o gramofone no volume máximo, e que a artista do bar sírio, moradora do quarto ao lado, cantava em árabe com voz estridente, enquanto se arrumava para trabalhar. Assim, dei meia-volta e caminhei pelo asfalto enlameado rumo a Keçiören. Dos dois lados da rua, havia apenas oficinas mecânicas e cafés em ruínas. Depois, na subida do cerro, começaram a aparecer casas à direita e, à esquerda, mais abaixo, jardins com árvores e folhas caídas. Levantei a gola do casaco. O vento estava úmido e intenso. Fui tomado por um desejo selvagem, que me acomete somente quando estou bêbado, de seguir caminhando e correr. Senti que podia fazer isso por horas, por dias até. Ignorava onde estava. Já havia andado bastante. O vento agora estava tão forte que pressionava meu peito. Eu sentia prazer em lutar contra ele para seguir adiante.

Então, de repente, me perguntei por que estava ali. Por nada... por nenhuma razão. Chegara àquele lugar sem planejar. As árvores dos dois lados da rua zuniam com o vento e as nuvens no céu corriam em grande velocidade. Ainda era possível avistar o penhasco escuro adiante, e as nuvens se arrastando em sua direção davam a impressão de deixar pedaços para trás. Cerrando os olhos, inspirei o ar úmido e voltei a me perguntar: por que fora até lá? O tempo ventoso estava semelhante ao da noite anterior, talvez até começasse a nevar. Na noite passada, outro homem estava ali, óculos embaciados, chapéu na mão e camisa aberta, andando apressado, quase correndo. O vento se embrenhava em seu cabelo curto, ralo, e quem sabe o quanto acalmava sua cabeça quente? O que havia na cabeça dele? O que arrastara aquela cabeça, aquele enfermo, aquele corpo envelhecido para estes lados? Eu tentava imaginar como Raif Efêndi caminhava naquela noite fria e escura, que expressão seu rosto adquiria. E então entendi por que me dirigira para aquele lugar: ali eu poderia entendê-lo melhor, entender o que se passava em sua cabeça. Mas só o que via era o vento prestes a levar meu chapéu, as árvores plangentes e as nuvens mudando de formato ao correr pelo céu. Estar nos mesmos lugares em que ele estivera não era sentir a vida como ele a sentia. Apenas uma pessoa ingênua e incauta como eu poderia acreditar que isso era possível.

Voltei depressa para o hotel. O gramofone não estava mais tocando e a mulher síria tampouco cantava. Meu amigo, deitado na cama, lendo um livro, me olhou de relance e perguntou: "E então? Voltando de uma noite de devassidão?".

Com que facilidade as pessoas liam as outras! E eu me esforçando para perscrutar a mente de alguém, para ver se sua alma estava tranquila ou em desordem. Pois mesmo o homem mais desditoso e simplório podia surpreender, até um tolo podia se revelar dono de uma alma cujos tormentos são fonte constante de admiração. Por que será que somos tão lerdos para compreender isso, e por que pensamos que a coisa mais fácil do mundo é entender e julgar os outros? Por que será que relutamos em descrever um pedaço de queijo que vemos pela primeira vez, mas tiramos conclusões ao acabar de conhecer uma pessoa e, sem nenhum constrangimento, a desprezamos?

Não consegui pegar no sono por um bom tempo. Fiquei pensando em Raif Efêndi ardendo em febre sobre o lençol branco em um quarto impregnado do cheiro juvenil das filhas e dos membros cansados da esposa. Seus olhos estavam fechados. Mas quem poderia dizer por onde sua alma vagava?

Dessa vez, sua enfermidade se prolongou por mais tempo. Não se parecia em nada com o resfriado de sempre. O médico que Nurettin Bey havia chamado prescreveu cataplasma de mostarda e xarope para a tosse. Eu o visitava a cada dois ou três dias, e ele só piorava. Porém não se afetava, parecia não se preocupar com sua doença. Talvez por não querer perturbar a família. Ao contrário dele, Mihriye Hanım e Neclâ estavam inquietas. Os longos anos de trabalho duro da mulher pareciam ter roubado sua faculdade de pensar: bastante confusa, ela entrava e saía do quarto, derrubava toalhas e pratos enquanto aplicava o cataplasma de mostarda nas costas do marido; estava sempre esquecendo coisas dentro ou fora de casa e vivia procurando por elas. Ainda posso vê-la correndo de um lado para o outro, pés descalços escorregando dos chinelos tortos e sem salto. E ainda posso sentir seu olhar, como se implorasse ajuda de todo aquele com quem topava. Neclâ não estava tão perdida quanto a mãe, mas também parecia devastada. Havia deixado de frequentar a escola para ficar com o pai. Quando eu visitava o enfermo à noite, percebia, pelos olhos vermelhos e inchados da menina, que ela havia chorado. Raif Efêndi, no entanto, parecia achar tudo aquilo irritante. Quando ficávamos sozinhos, ele se queixava. Uma vez chegou a dizer: "Francamente! O que está acontecendo com essas duas? Será que já estou à beira da morte? E se eu morrer? Elas vão se importar com isso? O que eu sou para elas?".

E então, com uma expressão ainda mais sofrida, mais cruel, acrescentou: "Eu não sou nada para elas... nunca fui nada. Faz anos que moramos na mesma casa... elas nunca se perguntaram quem é esse homem com quem compartilham a vida... e agora estão preocupadas, achando que vou abandoná-las".

"Raif Bey, por favor!", exclamei. "O que está dizendo? Sim, de fato elas estão um pouco agitadas, mas não é certo falar assim delas... São sua mulher e sua filha!"

"Sim, são minha mulher e minha filha. Apenas isso..." Ele virou a cabeça para o outro lado. Perplexo com suas últimas palavras, não ousei perguntar mais nada.

Para tranquilizar a família, Nurettin Bey chamou um clínico geral. Após um exame bastante longo, ele diagnosticou o paciente com pneumonia e, ao ver o impacto produzido por suas palavras, disse: "Imagine! Não é nada sério... Ele tem uma constituição física resistente e um coração saudável. Vai se recuperar. Só devem ficar atentos para uma coisa: ele não pode se resfriar. Seria melhor se fosse levado para o hospital".

Ao ouvir a palavra "hospital", Mihriye Hanım perdeu totalmente o controle. Desabou numa das cadeiras do corredor e começou a chorar. Nurettin Bey contorceu o rosto, como se sua dignidade tivesse sido ferida, e disse: "Não vejo sentido nisso. Provavelmente ele será mais bem tratado em casa do que no hospital!". O médico deu de ombros e se retirou.

De início, Raif Efêndi até quis ir para o hospital: "Pelo menos lá posso ouvir meus pensamentos!". Estava claro que queria ficar sozinho. No entanto, ao ver a resistência dos demais, desistiu. Com um sorriso desesperançoso, murmurou: "Nem lá eles me deixariam em paz!".

Eu me lembro bem de um dia em particular. Foi numa sexta-feira à noite, eu estava sentado numa cadeira ao lado de Raif Efêndi em silêncio, vendo seu peito arfar. Não havia mais ninguém no quarto. Um relógio de bolso grande entre os frascos de remédio, em cima da cômoda ao lado, preenchia o quarto com um ruído metálico. O doente, abrindo seus olhos fundos, disse: "Estou me sentindo melhor hoje".

"Claro que sim. Isso não ia durar para sempre..."

Então, com voz entristecida, ele questionou: "Sim, mas quanto tempo vai durar?".

Compreendendo o sentido real da pergunta, fiquei apavorado. O cansaço em sua voz deixava claro o que ele queria dizer.

"O que está acontecendo, Raif Bey?"

Olhando no fundo dos meus olhos, ele respondeu com veemência: "Tudo bem. Mas para quê? Já não é suficiente?".

Nesse instante Mihriye Hanım entrou no quarto. Aproximando-se de mim, ela disse: "Ele está melhor hoje! Parece que vai sair dessa, se Deus quiser!".

Depois, virando-se para o marido: "Vamos mandar as roupas para lavar. Você poderia pedir a esse senhor para trazer sua toalha que está no escritório?".

Raif Efêndi assentiu. Depois de procurar alguma coisa no armário, a mulher saiu do quarto. A leve melhora no doente dissipou suas preocupações. Ela voltou a ser como antes, ocupada com afazeres domésticos, refeições e roupas. Como todas as pessoas simples, transitava com facilidade entre a tristeza e a alegria, o entusiasmo e a calma, e, como todas as mulheres, esquecia-se rapidamente das coisas.

Nos olhos de Raif Efêndi eu podia ver um sorriso profundo e cheio de tristeza. Apontando com a cabeça a jaqueta pendurada aos pés da cama, ele me falou: "Tem uma chave no bolso direito. Pegue-a e abra a gaveta de cima da minha mesa no escritório. E traga a toalha que minha mulher pediu... Estou lhe dando muito trabalho, eu sei, mas...".

"Não se preocupe, amanhã eu trago."

De olhos fixos no teto, permaneceu um bom tempo em silêncio. Na sequência, de repente, virou-se para mim e disse: "Traga tudo que encontrar na gaveta... parece que minha mulher já sabe que eu não vou mais voltar ao escritório... meu destino é outro...".

Disse isso e enfiou o rosto no travesseiro.

No dia seguinte, ao fim do expediente, fui até a mesa de Raif Efêndi. Havia três gavetas do lado direito. Primeiro abri as duas de baixo. Uma estava vazia; na outra, havia papéis e rascunhos de traduções. Ao enfiar a chave na fechadura da gaveta de cima, senti um calafrio. Me dei conta de que estava sentado na cadeira que Raif Efêndi ocupara por anos, fazendo o que ele fazia todos os dias repetidas vezes. Abri depressa a gaveta. Estava quase vazia. Havia apenas uma toalha usada, uma barra de sabão embrulhada numa folha de jornal, a tampa de um recipiente, um garfo e um canivete Singer com saca-rolhas. Sem demora, fiz um pacote com aquelas coisas. Levantei-me e fechei a gaveta, mas para me certificar de que não havia mais nada, voltei a abri-la e vasculhei seu fundo. Então, encontrei o que parecia ser um caderno. Coloquei-o junto com os outros objetos e saí apressado. Não conseguia parar de pensar que Raif Efêndi poderia nunca mais se sentar naquela cadeira ou abrir aquela gaveta.

Ao chegar à sua casa, encontrei todos agitados. Foi Neclâ quem abriu a porta e, ao me ver, balançou a cabeça e exclamou: "Nem me pergunte, nem me pergunte!". Como eu já era considerado parte da família, ninguém mais me tratava como estranho. A menina disse: "Meu pai piorou de novo! Hoje ele teve duas crises. Meu tio chamou o médico, e ele está lá dentro agora... aplicando uma injeção...". Em seguida, ela correu para o quarto do doente. Não a acompanhei. Em vez disso, sentei-me numa das cadeiras do corredor com o pacote à minha frente. Apesar de Mihriye Hanım ter entrado e saído algumas vezes, fiquei sem jeito de lhe entregar aquele embrulho lamentável. Dentro do quarto havia um homem lutando pela vida e não parecia apropriado entregar uma toalha suja e um garfo velho a um membro de sua família. Levantei-me e comecei a andar em volta da mesa grande que ficava no meio da sala. Quando me vi no espelho do aparador, levei um susto. Estava com uma cor amarela. Meu coração disparou. Não importa de quem se trate, a batalha para atravessar a ponte que separa a vida da morte é algo assustador. Com a mulher, as filhas e os parentes reunidos à volta de Raif Efêndi, achei que não tinha o direito de demonstrar mais tristeza e apego que eles.

Nesse instante, meu olhar se deteve em uma fenda na porta da sala de estar. Ao me aproximar, vi os cunhados de Raif Efêndi, Cihat e Vedat. Eles estavam sentados lado a lado no sofá, fumando. Os dois se contorciam, enfadados e com ódio por estarem confinados sem poder sair de casa. Nurten estava numa poltrona, com a cabeça apoiada nos braços, chorando ou talvez dormindo. Sentada com os dois filhos no colo, a cunhada, Ferhunde, tentava impedi-los de fazer barulho, mas tudo o que fazia servia apenas para demonstrar sua inabilidade em distrair as crianças.

A porta do quarto do enfermo se abriu e de lá saiu o médico, com Nurettin atrás. Apesar da indiferença, parecia preocupado.

"Não o deixem sozinho", advertiu o médico. "E se ele tiver uma crise, apliquem outra injeção daquelas."

Nurettin, franzindo a testa, perguntou: "É grave?".

O médico respondeu o que todos os médicos respondem em tais circunstâncias. "Difícil dizer!"

Para evitar outras perguntas e, principalmente, para evitar ser perturbado pela mulher do doente, ele vestiu rapidamente o casaco, pôs o chapéu, pegou as três liras de prata de Nurettin Bey, fez uma careta e deixou a casa.

Lentamente me aproximei da porta do quarto do doente. Espiei seu interior. Mihriye Hanım e Neclâ estavam diante de Raif Efêndi e o observavam com preocupação. Ele estava de olhos fechados. Quando a menina me viu, acenou para que eu entrasse. Parecia que ela e a mãe queriam ver minha reação ao ver meu amigo. Percebendo isso, tentei com todas as forças manter o controle. Entrei e acenei de leve com a cabeça, como se estivesse tranquilo com o que via. Em seguida virei o rosto para a esquerda e vi as duas mulheres abraçadas. Forcei um sorriso. "Certamente, não há nada a temer. Se Deus quiser ele vai se recuperar."

Meu amigo abriu um pouco os olhos. Por um momento, olhou para mim como se não me reconhecesse. Depois, com grande esforço, virou-se para a mulher e a filha. Sussurrou algumas palavras incompreensíveis. Contorcendo o rosto, fez gestos com a mão.

Neclâ se aproximou dele. "Você quer alguma coisa, papai?"

"Saiam, agora. Fiquem um pouco lá fora." Sua voz estava fraca e rouca.

Mihriye Hanım gesticulou para que eu saísse com ela e a filha. Mas, ao ver o gesto, o enfermo descobriu o braço, agarrou meu pulso e disse: "Você fica".

Mãe e filha se surpreenderam. "Papai! Não tire o braço para fora da coberta!", exclamou a menina.

Raif Efêndi acenou rapidamente com a cabeça, como se dissesse: "Eu sei, eu sei". E, mais uma vez, fez um gesto para que elas saíssem. As duas mulheres deixaram o aposento, encarando-me com um olhar inquiridor.

Então ele apontou para o pacote que eu ainda segurava e do qual já havia me esquecido completamente.

"Você trouxe tudo?"

Primeiro, limitei-me a olhar para ele. Não entendi o que estava querendo dizer. Tentei entender a ênfase que imprimira à pergunta. Meu amigo ainda me olhava, com os olhos brilhando de ansiedade.

Foi então que me lembrei do famoso caderno de capa preta. Não me dera ao trabalho de abri-lo nem ficara curioso quanto ao conteúdo. Nunca imaginei que Raif Efêndi pudesse ter um diário.

Rasguei o pacote e pus a toalha e o restante das coisas em uma cadeira atrás da porta. Peguei o caderno e o mostrei a Raif Efêndi. "Era isso que você queria?"

Ele assentiu com a cabeça.

Lentamente comecei a folhear o caderno. Uma curiosidade irresistível começou a brotar dentro de mim. As letras garrafais e irregulares nas linhas das páginas demonstravam muita pressa. Dei uma olhada na primeira página. Não tinha título. À direita, uma data: 20 de junho de 1933. Logo abaixo, as seguintes linhas: "Ontem, algo estranho aconteceu comigo e me trouxe de volta um tempo que eu pensava ter deixado no passado para sempre".

Não li o que vinha em seguida. Raif Efêndi voltou a tirar o braço para fora da coberta, segurou minha mão e disse: "Não leia!".

Apontando para o outro lado do quarto, sussurrou: "Jogue lá".

Virei-me para olhar. Atrás de folhas de mica, vi as chamas vermelhas incandescentes de um braseiro de ferro.

"No braseiro?"

"Sim!"

Nesse momento, fiquei mais curioso ainda. Simplesmente não seria capaz de destruir com minhas próprias mãos o diário de Raif Efêndi.

"De que adiantaria, Raif Bey?", argumentei. "Não seria uma pena? Por que queimar um caderno que lhe serviu por tanto tempo como amigo e companheiro?"

"Não serve mais para nada", disse e apontou novamente na direção do braseiro. "Não serve mais!"

Percebi que eu não o faria mudar de ideia. Tive a impressão de que ele havia derramado a alma que escondera de todos naquelas páginas. Agora, queria levá-la consigo.

Olhei para aquele homem que não queria deixar nada de si para trás e que, mesmo avançando para a morte, desejava levar consigo sua solidão. E lhe desejei compaixão eterna. Minha ligação com ele também seria eterna.

"Entendo, Raif Bey!", eu disse. "Sim, entendo muito bem. Você está certo em defender o que é seu. Você também está certo em querer destruir este diário... mas não poderia esperar um pouco, um dia apenas?"

Com os olhos, ele me perguntou por quê.

Para reforçar meu pedido, aproximei-me mais. Encarando-o, tentei expressar o amor e o afeto que sentia por ele.

"Você me deixaria ficar com esse diário somente uma noite? Já somos amigos há um bom tempo e você nunca me contou nada sobre você... Não acha natural que eu queira saber mais a seu respeito? Você ainda sente tanta necessidade de se esconder de mim? Você é a pessoa mais cara para mim neste mundo. Apesar disso, quer partir dizendo que me vê como vê os outros, como um ninguém?"

Meus olhos se encheram de lágrimas. Meu peito arfava, mas continuei. Era como se todo o ressentimento acumulado por meses estivesse sendo despejado naquele homem esquivo, de uma só vez: "Talvez você esteja certo em não confiar nas pessoas. Mas será que não há exceções? Não pode haver? Não esqueça de que você também é humano... está sendo egoísta por nada!".

Então me calei, julgando que não deveria falar daquela maneira com um homem gravemente enfermo. Ele também ficou em silêncio. Fiz, por fim, uma última tentativa: "Raif Bey, tente me entender também! Estou apenas no começo da jornada da qual você está chegando ao fim. Quero compreender as pessoas e, sobretudo, o que fizeram a você".

Sacudindo a cabeça com violência, ele interrompeu minha fala. Murmurava alguma coisa. Eu me curvei a ponto de sentir sua respiração no meu rosto.

"Não, não", ele disse. "Ninguém fez nada contra mim... nada... somente eu... eu..."

De repente parou. Seu queixo caiu no peito. Ele respirava mais rápido agora. Estava claro que a cena o havia exaurido. Eu também comecei a sentir um enorme cansaço mental. Pensei até em jogar o caderno no braseiro e sair.

O enfermo abriu os olhos mais uma vez. "Não é culpa de ninguém... nem mesmo minha!" Não conseguiu continuar. Estava tossindo. Por fim, acenou com a cabeça para o caderno e disse: "Leia! Você vai ver!".

Enfiei o caderno de capa preta no bolso tão depressa que parecia que estivera o tempo todo esperando por isso.

"Trago de volta amanhã para queimá-lo na sua frente!", prometi. Com uma expressão que desmentia sua atitude anterior, Raif Efêndi deu de ombros e disse: "Faça o que quiser!".

Entendi então que ele estava cortando sua conexão até mesmo com aquele diário que continha os eventos mais importantes de sua vida. Beijei sua mão ao despedir-me. Quando me levantei, ele me segurou, me puxou para perto e me beijou, primeiro na testa e depois nas bochechas. Quando ergui a cabeça, vi lágrimas escorrendo por seu rosto até suas têmporas. Impossibilitado de escondê-las ou secá-las, Raif Efêndi olhou para mim sem piscar. Eu também não me contive e comecei a chorar, silenciosamente, sem soluços, com um grande e genuíno pesar. Sabia que seria difícil sair do lado dele, mas não imaginara que seria tão penoso assim.

Mais uma vez, os lábios de Raif Efêndi tremeram. Com a voz quase inaudível, disse: "Eu nunca tinha conversado por tanto tempo com você antes, meu filho... que pena!". Com isso, fechou os olhos.

Parece que agora nos despedimos. Para que os que esperavam à porta não vissem meu rosto, passei pelo corredor o mais depressa que pude e corri para a rua. Um vento frio secou minhas lágrimas enquanto eu seguia, murmurando: "Que pena... que pena...".

Ao chegar ao hotel, encontrei meu colega dormindo. Meti-me na cama, acendi o pequeno abajur na mesinha de cabeceira e imediatamente comecei a ler o diário de capa preta de Raif Efêndi.

20 DE JUNHO DE 1933

    Ontem, algo estranho aconteceu comigo e me trouxe de volta um tempo que eu pensava ter deixado no passado para sempre. Agora sei que essas lembranças nunca vão me abandonar...
    Um encontro casual e acordei. Fui arrancado de uma letargia que me dominou ao longo dos últimos dez anos e à qual já havia lentamente me habituado. Mentiria se dissesse que por isso vou enlouquecer ou me matar. Com o tempo, as pessoas se acostumam àquilo que achavam que não aguentariam. Eu também vou me acostumar... mas como? Que tortura insuportável será a minha vida a partir de agora! Mas vou suportar... como fiz até hoje.
    Só há uma coisa que eu não aguento. Guardar tudo isso na minha cabeça, dentro de mim. Há coisas — tantas coisas — que preciso dizer... Mas para quem? Será que existe alguém neste vasto mundo com uma alma tão solitária quanto a minha? Quem poderia me ouvir? Por onde eu começaria? Não me lembro de ter dito alguma coisa a alguém nos últimos dez anos. Evitei companhia em vão, em vão afastei as pessoas de mim. Mas o que posso fazer agora? Não dá para voltar atrás. E de nada adiantaria. Isso só quer dizer que tinha

de acontecer. Se ao menos eu pudesse achar as palavras... se ao menos pudesse confidenciar a alguém... Mas como encontrar essa pessoa? Eu não saberia onde procurar. E, mesmo que a encontrasse, ainda assim não confidenciaria. De todo modo, por que comprei este caderno? Se eu alimentasse um mínimo de esperança que fosse, será que estaria aqui sentado agora fazendo o trabalho detestável de escrever estas palavras? Mas, às vezes, as pessoas precisam se abrir... Se ontem não tivesse acontecido aquilo... Ah, se eu pelo menos não tivesse descoberto a verdade... talvez agora continuasse a viver como antes, com meus pequenos consolos...

Eu andava pela rua ontem quando dei de encontro com duas pessoas. Uma delas eu via pela primeira vez; a outra era talvez a pessoa mais distante de mim que pode haver na face da terra. Quem poderia imaginar que essas pessoas teriam um efeito tão avassalador sobre mim?

Mas calma! Já que tomei a decisão de contar esta história, devo fazê-lo com tranquilidade, começando do início... é preciso, na verdade, voltar alguns anos... dez, para ser preciso, ou doze... talvez até quinze... mas devo revisitá-los. Quem sabe se ao vagar por esses anos, percorrendo os temores originais e detalhes triviais, não consigo me livrar de sua influência? Talvez o que vou escrever não seja tão doloroso quanto o que vivi, talvez eu encontre algum alívio. Quando eu começar a perceber que várias coisas não foram nem tão simples nem tão complicadas quanto havia imaginado, talvez sinta vergonha de minha disposição...

Meu pai era de Havran. Eu também nasci, cresci e fiz meus estudos primários lá. Depois, continuei a estudar em Edremit, a uma hora de distância. No fim da Primeira Guerra Mundial, eu devia ter uns dezoito ou dezenove anos, fui convocado para o Exército, mas o armistício foi declarado antes de eu partir para o campo de treinamento. Voltei para minha cidade, continuei o colegial, mas não terminei os estudos. Na verdade, nunca tive paixão pela escola. O ano que fiquei fora e o caos desse período me tiraram o ânimo de estudar.

Após o armistício, toda ordem e todo equilíbrio se esvaneceram. Não havia um governo confiável, nem ideias ou ideais definidos. Alguns territórios haviam sido ocupados por forças estrangeiras e, de repente, diversas gangues surgiram, algumas abrindo novos *fronts* contra o inimigo, outras pilhando aldeias; um bandido era celebrado de boca em boca como herói um dia e, na semana seguinte, ficava-se sabendo que seu corpo estava pendurado na forca da praça do vilarejo de Konakönü, em Edremit. Em uma época como aquela, ficar trancado em casa lendo sobre a história otomana ou folheando tratados de ética não fazia muito sentido. Mas meu pai, que era considerado um dos homens mais ricos da cidade, insistia para que eu estudasse. Ao ver muitos colegas meus cingindo bandoleiras e carregando rifles Mauser nos ombros para se unir a grupos rebeldes, só para mais tarde serem mortos por forças inimigas ou por bandidos, ele começou a temer pelo meu futuro. Na verdade, eu não queria ficar ocioso e secretamente já me preparava para isso. Porém, quando as forças inimigas tomaram o comando de nossa aldeia, toda a minha ânsia heroica foi suprimida.

Por vários meses levei uma vida errante. A maioria dos meus amigos tinha desaparecido. Meu pai decidiu me enviar para Istambul. Ele também não sabia para onde eu deveria ir. "Encontre uma escola e estude!", disse, demonstrando quão pouco conhecia o próprio filho. Embora eu sempre tivesse sido um garoto desajeitado e encabulado, alimentava alguns anseios secretos. Uma vez, na escola, conquistei a admiração de um professor por pintar bastante bem. Sonhava, de vez em quando, em entrar na Academia de Belas Artes de Istambul. Na verdade, sempre fui um garoto calado que preferia o mundo dos sonhos ao real. Além disso, era absurdamente tímido, e por isso as pessoas me consideravam idiota, o que me entristecia muito. Nada me assustava mais do que tentar corrigir as impressões que os outros tinham de mim. Apesar de sempre levar a culpa pelos erros dos meus colegas de classe, eu nunca ousava dizer uma só palavra para me defender. Simplesmente ia para casa, me escondia num canto e chorava. Ainda me lembro de minha mãe e, em especial, de meu pai, dizendo: "Francamente, você devia ter nascido mulher!".

Meu maior prazer era sentar sozinho no jardim da nossa casa ou à beira do riacho e devanear. Minhas quimeras eram o oposto da vida real, repletas de aventuras e heroísmo. Como os heróis dos inúmeros romances que li traduzidos, estava possuído por um desejo doce e misterioso por uma garota chamada Fahriye, que morava num bairro perto do nosso. Reunindo meu séquito de companheiros leais, eu colocava a máscara, ajustava os dois revólveres na cintura e partia para uma magnífica caverna nas montanhas. Imaginava como Fahriye tremeria de medo por lá, mas ao ver as pessoas apavoradas na minha presença e a riqueza sem par que havia na caverna, ficaria fascinada e, quando eu retirasse a máscara e ela visse meu rosto, daria um grito de alegria e se jogaria em meus braços. Algumas vezes eu viajava para a África como um grande explorador, vivia inenarráveis aventuras em meio a canibais, via terras que ninguém antes jamais vira; outras, era um famoso pintor visitando cidades da Europa. Além disso, os autores que lia — Michel Zevaco, Júlio Verne, Alexandre Dumas, Ahmet Mithat Efêndi e Vecihi Bey — ocupavam um lugar indelével na minha imaginação.

Meu pai odiava que eu lesse tanto, e chegava a jogar fora meus livros. Às vezes, também não permitia que eu acendesse a luz do meu quarto. Mas eu sempre dava um jeito. Depois que ele me pegou lendo *Os miseráveis* e *Os mistérios de Paris* à luz de uma pequena lâmpada com pavio de barbante desistiu de me pressionar. Eu lia tudo o que me caía nas mãos; e o que eu lia, fossem as aventuras do Monsieur LeCoq, fosse a história de Murat Bey, deixava uma impressão em mim.

Havia, por exemplo, uma história do Império Romano em que um embaixador chamado Mucius Scaevola, ao negociar um tratado, fora ameaçado de morte caso não aceitasse os termos oferecidos; sua resposta à ameaça havia sido enfiar o braço no fogo e continuar, com toda a calma, as negociações. Inspirado por sua coragem inabalável, e a fim de testar minha resistência, enfiei o braço no fogo e acabei com os dedos gravemente queimados. A imagem daquele embaixador sentindo uma dor dilacerante com um sorriso no rosto ficou para sempre gravada na minha mente. Houve uma época em que tentei escrever; cheguei até a compor alguns poemas, mas logo desisti. Mesmo tendo acumulado tanta coisa dentro de mim, tinha tanto medo de me expor que acabei abandonando a aventura da escrita. Mas continuei a pintar. Com a pintura, não corria nenhum risco de revelar algo pessoal. Se pegasse alguma coisa do mundo e a transportasse para o papel, seria apenas um intermediário e nada mais. Com o tempo percebi que não era bem assim, e desisti também de pintar. Sempre aquele temor...

Na Academia de Belas Artes de Istambul, aprendi, rapidamente e sem auxílio de ninguém, que a pintura era uma forma de expressão, uma forma de autoexpressão e, por isso, deixei de frequentá-la. De todo modo, meus professores não viam muita coisa em mim. Eu mostrava apenas minhas produções mais triviais; quando algum de meus trabalhos apresentava algo pessoal ou expunha alguma particularidade, eu me esforçava para escondê-lo, com vergonha de que alguém o visse. Se alguém chegasse a ver uma dessas obras, eu certamente levaria um susto, como uma mulher nua surpreendida num momento íntimo, e fugiria enrubescido.

Sem ideia do que fazer, passei algum tempo vagando pelas ruas de Istambul. Eram os anos do armistício, e a cidade estava tão inconveniente e caótica que eu mal conseguia suportar. Pedi dinheiro a meu pai para voltar para Havran. Dez dias depois, recebi uma longa carta. Era sua última tentativa de fazer de mim um homem útil.

Ele ouvira falar, em algum lugar, que a moeda da Alemanha tinha desvalorizado tanto que estrangeiros podiam viver lá com bastante conforto. Segundo ele, o custo de vida era bem menor do que em Istambul. Assim, decidira que eu iria para Berlim, onde aprenderia tudo sobre a indústria de sabão, particularmente a de sabões perfumados. Enviaria dinheiro para cobrir minhas despesas enquanto eu estivesse por lá. Fiquei extasiado. Não porque tivesse interesse na arte de fazer sabão, mas por ter a oportunidade, no momento que eu menos esperava, de visitar a Europa, fonte dos meus melhores sonhos. "Passe um ou dois anos aprendendo o negócio", meu pai escrevera. "Depois você pode voltar para casa e trabalhar para ampliar e melhorar nossas fábricas de sabão. Vou fazer de você um gerente. E, quando for reconhecido no mundo dos negócios, com certeza será feliz e próspero!" Atingir esse sucesso nem sequer me passou pela cabeça...

Meu plano era aprender uma língua estrangeira e ler livros nessa língua e, mais importante, descobrir a "Europa" — conhecer as pessoas que encontrara só na literatura. Afinal, não foram elas que nutriram minha natureza rebelde e me atraíram para longe de casa?

Uma semana depois eu estava pronto. Viajei para a Alemanha em um trem que passava pela Bulgária. Eu só falava turco. Durante os quatro dias de viagem, memorizei três ou quatro frases que li em um guia de conversação. Assim, consegui encontrar o caminho para a pensão, cujo endereço anotara na minha agenda, ainda em Istambul.

Passei as primeiras semanas perambulando extasiado pelas ruas e aprendendo alemão para sobreviver. Essa sensação não durou muito. No fim, percebi que Berlim era apenas outra cidade. As ruas eram mais amplas, mais limpas e as pessoas mais loiras. Mas não havia nada naquela cidade capaz de me tirar o fôlego. Ao reconhecer tão pouco da Europa da minha imaginação, não tinha como compará-la com a cidade na qual me encontrava... Por fim, aprenderia que nada neste mundo se iguala às maravilhas que criamos em nossa mente.

Presumindo que eu não encontraria emprego enquanto não aprendesse a língua, comecei a ter aulas particulares com um ex-oficial que servira na Turquia e aprendera um pouco de turco durante a Primeira Guerra. A dona da pensão ficava ansiosa para ter uma folga em seus afazeres e conversar comigo, o que me ajudava muito. Os outros hóspedes achavam interessante fazer amizade com um turco e me confundiam com tantas perguntas. Eles formavam um grupo animado à mesa de jantar. Três hóspedes em particular se tornaram próximos: uma viúva holandesa chamada Frau van Tiedemann; um comerciante português chamado Herr Câmara, que importava laranjas das Ilhas Canárias; e o idoso Herr Döppke, comerciante na colônia alemã de Camarões, mas que deixara tudo para trás após o armistício para retornar à sua terra natal. Ele levava uma vida bem modesta com o dinheiro que conseguira economizar. Passava o dia em comícios políticos, muito em voga na época, e à noite, ao voltar para a pensão, relatava suas impressões. Muitas vezes vinha acompanhado de oficiais alemães que haviam recebido baixa e estavam desempregados. Herr Döppke conversava com eles por horas a fio. Pelo que eu entendia, eram todos da opinião de que a Alemanha só se salvaria se outro homem como Bismarck, com pulso de ferro, chegasse ao poder e rapidamente reconstruísse o exército para corrigir as injustiças do passado com outra guerra mundial.

De vez em quando, um hóspede partia para logo dar lugar a outro. Aos poucos me acostumei com essas mudanças de elenco. Mas cansei das lâmpadas vermelhas que iluminavam o salão escuro onde fazíamos nossas refeições, do cheiro constante de repolho e das discussões políticas de meus amigos à mesa. Sobretudo das discussões... cada um tinha sua própria ideia de como salvar a Alemanha, embora nenhuma delas tivesse realmente a ver com a Alemanha. Ao contrário, estavam todas vinculadas a interesses pessoais. Uma mulher idosa que desperdiçara sua fortuna estava zangada com os oficiais e os culpava por sua situação e pela derrota da Alemanha na guerra. Os oficiais, por sua vez, estavam zangados com os grevistas. Já o comerciante da colônia, sem nenhuma razão aparente, estava sempre xingando o imperador por ter declarado guerra. Até a faxineira começou a falar de política comigo enquanto limpava meu quarto pela manhã. Quando tinha um tempo livre, enfiava o rosto no jornal para depois florear suas opiniões, e quando as emitia, fazia-o balançando os pulsos no ar e enrubescendo.

Quanto a mim, aparentemente esquecera a razão pela qual estava na Alemanha. Quando recebia uma carta do meu pai, me lembrava do assunto dos sabões e respondia dizendo que ainda estava aprendendo alemão: em breve, prometia, iria procurar uma escola adequada. Só que ao escrever isso eu estava enganando tanto a ele quanto a mim. Os dias passavam, idênticos uns aos outros. Eu explorava a cidade inteira. Visitei museus e o zoológico. Em alguns meses, esgotei tudo o que aquela cidade de um milhão de habitantes tinha a oferecer, o que me deixou muito angustiado. "Então esta é a Europa?", questionei a mim mesmo. "O que há de tão especial aqui?" Nesse ponto, foi rápido chegar à conclusão de que o mundo era um lugar enfadonho. Quase todas as tardes, eu vagava em meio à multidão por grandes avenidas, vendo homens de expressão séria que falavam de coisas importantes enquanto voltavam para casa, ou mulheres de sorriso insosso e olhos lânguidos de braços dados com homens que ainda marchavam como soldados.

Para não contar a meu pai uma mentira descarada, decidi, com a ajuda de amigos turcos, me apresentar a uma fábrica de sabões de luxo. Os funcionários alemães da empresa, que pertencia a um grande grupo sueco, me receberam com cordialidade — não tinham esquecido que havíamos sido irmãos de armas —, mas ficaram receosos em me dar detalhes sobre a produção, pelo menos em comparação ao que eu já aprendera em Havran, talvez por se tratar de segredo da empresa. Ou talvez agissem assim por não ver em mim nenhum entusiasmo genuíno e não querer jogar seu tempo fora. Acabei deixando de ir à fábrica. Eles, por sua vez, nunca entraram em contato comigo. As cartas de meu pai foram ficando cada vez mais esporádicas e eu continuava vivendo em Berlim sem nunca perguntar para mim mesmo o que iria fazer no futuro ou o principal motivo de ter ido para lá.

Eu tinha aulas de alemão três noites por semana com o ex-oficial do exército e passava os dias visitando museus e galerias recém-abertas. Ao voltar para a pensão, sentia o cheiro de repolho a uma distância de cem passos. Porém não estava mais tão entediado quanto nos primeiros meses. Estava, pouco a pouco, conseguindo ler livros em alemão, o que me dava enorme satisfação. Logo a leitura naquele idioma se tornou um vício. Deitado de bruços na cama, eu abria um livro e lia durante horas, com a ajuda de um velho dicionário. Muitas vezes não chegava a procurar a palavra no dicionário, deduzindo seu significado pelo contexto. Foi como se um novo mundo tivesse se aberto para mim. Eu fora para além dos livros traduzidos da minha infância, nos quais figuras heroicas embarcavam em aventuras fantásticas. Os livros que lia agora falavam de pessoas como eu, do mundo que eu via e sentia ao meu redor. As coisas que vivenciei no passado, mas que não entendia ou enxergava, agora adquiriam um significado real. Eram os autores russos que exerciam maior influência sobre mim. Li as longas histórias de Turguêniev em uma sentada. Uma delas me deixou pensativo por muitos dias. A heroína da história, a jovem Klara Mílitch, se apaixona por um garoto muito ingênuo, mas não consegue expressar seus sentimentos. Decidindo então punir-se por haver se apaixonado por um tolo, ela se entrega a um vício. Por alguma razão desconhecida, me identifiquei com essa jovem. Quando vi a que ponto ela era incapaz de expressar seus verdadeiros sentimentos e como o medo e a inveja ocultavam tudo o que ela possuía de mais profundo e belo, enxerguei a mim mesmo.

Os antigos mestres da pintura dos museus de Berlim contribuíam para que eu não ficasse entediado. Em várias ocasiões, depois de analisar por horas um quadro na Galeria Nacional, acontecia de aquele rosto ou aquela paisagem ficarem estampados na minha cabeça por vários dias.

Àquela altura, já fazia quase um ano que eu estava na Alemanha. Era um dia escuro e chuvoso de novembro — lembro-me claramente —, e eu estava dando uma olhada no jornal quando dei com uma matéria sobre uma exposição de novos pintores. Na verdade, não entendia muito da nova geração. Talvez não gostasse desses pintores porque suas obras eram ousadas demais e faziam de tudo para atrair o olhar. Julgava de mau gosto essa forma de autopromoção, por isso nem cheguei a ler a matéria. Algumas horas depois, no entanto, estava fazendo meu passeio diário pela cidade quando me vi diante do prédio da exposição anunciada pelo jornal. Como não tinha nada urgente para fazer, aproveitei a oportunidade e entrei. Vaguei por um bom tempo, examinando as pinturas, grandes e pequenas, com certa indiferença.

Tive vontade de rir da maior parte daquelas obras: havia pessoas com joelhos e ombros cúbicos, cabeças e peitos com tamanhos desproporcionais e paisagens naturais representadas em cores chocantes, feitas de alguma coisa que parecia papel crepom. Vasos de cristal tão amorfos quanto pedaços de tijolos quebrados, flores sem vida como se tivessem sido pressionadas dentro de um livro durante anos. Finalmente, uma série de retratos medonhos que mais pareciam esboços de criminosos... mas o público estava se divertindo. Talvez eu devesse ter desprezado aqueles artistas por acharem que podiam alcançar a fama com tão pouco esforço. Mas ao pensar no prazer doentio que eles sentiam ao ser castigados e ridicularizados, eu só conseguia sentir pena deles.

De repente me detive diante da parede próxima à entrada da sala principal. Ainda hoje, passados todos esses anos, sou incapaz de descrever os sentimentos que me invadiram naquele instante. Recordo apenas de estar ali, em pé, petrificado diante do retrato de uma mulher com um casaco de pele. Outros visitantes, ansiosos para ver o resto da exposição, esbarravam em mim, mas eu não me movia. O que havia naquele retrato? Sei que palavras não são suficientes para explicar. Só posso dizer que a mulher do retrato tinha uma expressão estranha, altiva e um tanto selvagem, que eu nunca vira em mulher alguma. Mas, embora aquele rosto fosse novo para mim, tive a impressão de que a conhecia. Estava convencido de que aquele rosto pálido, aqueles cabelos castanho-escuros, aquelas sobrancelhas pretas, aqueles olhos que expressavam um tédio infinito e uma forte personalidade não me eram estranhos. Conheço essa mulher desde que abri meu primeiro livro, aos sete anos de idade... desde que comecei, aos cinco anos, a sonhar. Vi-a na Nihal, de Halit Ziya Uşaklıgil, na Mehcure, de Vecihi Bey, e na amada do Cavaleiro Buridan. Vi-a na Cleópatra que conheci nos livros de história e na mãe de Muhammad, Amine Hatun, a quem imaginava quando ouvia as orações do *Mevlit*. Ela era um amálgama de todas as mulheres que eu imaginara. Vestida com um casaco de pele de gato-montês, estava na penumbra — salvo uma parte de seu pescoço alvo —, o rosto oval levemente virado para a esquerda. Seus olhos negros estavam perdidos em pensamentos, olhavam ausentes para o vazio, esboçando uma última faísca de esperança, enquanto ela procurava algo que, estava quase certa, nunca iria encontrar. Havia, no entanto, uma mescla de tristeza e desafio em seu olhar. Era como se ela dissesse: "Sim, eu sei. Não vou encontrar o que estou procurando... Mas e daí?". Seus lábios carnudos também adquiriam essa expressão de desafio. Seu lábio inferior era um pouco mais grosso. Suas pálpebras estavam levemente inchadas. As sobrancelhas não eram nem muito finas nem muito grossas, mas eram curtas. Os cabelos castanho-escuros que emolduravam sua testa larga caíam pelas laterais de seu rosto e misturavam-se à penugem do casaco. Seu queixo pontudo avançava de leve para a frente. O nariz era longo e fino, e as narinas dilatadas.

Eu folheava as páginas do catálogo da exposição com mãos quase trêmulas. Esperava encontrar nele mais detalhes sobre a tela. Bem ao pé da página, descobri estas três palavras ao lado da numeração do quadro: Maria Puder, *Selbstporträt*. Não havia mais nada. Certamente a artista não tinha nenhuma outra obra na exposição. Fiquei contente com isso. Temia que outros quadros dela não tivessem o efeito arrebatador daquele e até diminuíssem minha admiração inicial. Fiquei até tarde no local. Às vezes vagava pela galeria, olhando outras obras sem atenção, mas logo voltava para o mesmo lugar e ficava olhando atentamente, e por um longo tempo, aquele autorretrato. Tinha a impressão de que toda vez que encarava aquele rosto ele adquiria uma nova expressão, quase como se estivesse criando vida. Os olhos baixos pareciam me analisar discretamente. Cheguei a acreditar que os lábios estavam levemente trêmulos.

Aos poucos, a galeria se esvaziou. O homem alto em pé ao lado da porta só esperava eu sair, foi o que pensei. Rapidamente me recompus e fui embora. Lá fora, caía uma garoa fina. Ao contrário do que costumava fazer todas a noites, não andei pelas ruas distraído, mas voltei imediatamente para a pensão. Estava aflito para acabar logo de comer, me retirar para o quarto e ficar imaginando aquele rosto diante dos meus olhos. Não disse nada durante o jantar.

"Por onde você andou hoje?", perguntou a dona da pensão, Frau Heppner.

"Não fui a nenhum lugar em especial...", respondi. "Dei um passeio e depois visitei uma exposição de arte moderna." Todos à mesa de jantar começaram a discutir sobre pintura moderna e eu fugi para o meu quarto.

Quando despi a jaqueta, o jornal caiu do bolso. Peguei-o e, ao colocá-lo na mesa, meu coração começou a bater mais forte. Era o jornal com a matéria sobre a exposição que eu lera em um café pela manhã. Abri e comecei a folhear, quase rasgando as páginas, à procura de alguma menção àquele quadro ou à artista. Fiquei surpreso por estar assim agitado... logo eu, um homem tão tranquilo e ponderado. Li a matéria desde o início. De repente, meus olhos pararam no nome que eu vira no catálogo: Maria Puder.

Visto que era uma artista jovem que participava de uma exposição pela primeira vez, a matéria falava bastante sobre ela. Dizia que a artista pretendia seguir o modelo dos grandes mestres e demonstrava admirável talento em capturar expressões. Ao contrário da maioria dos autorretratos, ela não sucumbia à "feiura obstinada" nem à "beleza exagerada". Depois de fazer alguns comentários técnicos, o crítico concluía o artigo dizendo que, por estranha coincidência, a mulher do quadro tinha, tanto na expressão facial, quanto na postura, surpreendente semelhança com a Virgem Maria de Andrea del Sarto, em seu *Madonna delle Arpie*. Em tom meio jocoso, ele desejava êxito à "Madona com casaco de pele", e em seguida passava a discutir a obra de outro artista.

No dia seguinte, a primeira coisa que fiz foi ir a uma loja famosa por suas reproduções procurar a *Madonna delle Arpie*. Achei-a em um álbum grande das obras de Del Sarto. Apesar de ser uma reprodução de má qualidade, que não dava uma ideia clara do original, concluí que o crítico do jornal tinha razão. De pé num pedestal, com a santa criança nos braços, a Madona tinha os olhos cravados no chão, alheia tanto ao homem barbudo à sua direita como ao jovem à sua esquerda. A inclinação da cabeça, os lábios e o olhar lembravam muito a expressão de tédio e desânimo que eu vira no quadro do dia anterior. As páginas do álbum eram vendidas separadamente, então, sem demora, comprei a reprodução e voltei para meu quarto. Depois de analisar a reprodução atentamente, convenci-me de que se tratava de uma obra de grande valor artístico. Era a primeira vez na vida que via uma Madona assim. Em todas as outras reproduções da Virgem Maria que eu já vira, ela tinha uma expressão de tamanha inocência que a obra ficava sem sentido. Nessas pinturas, ela parecia uma garota que olha para o bebê em seus braços, como se quisesse dizer: "Vocês viram? Viram a graça que Deus me concedeu?", ou uma camareira que encara inexpressiva uma criança que colidiu com seu mundo, favor de um homem cujo nome não se pode pronunciar.

A Maria de Sarto não era assim. Ela aprendera a pensar, desenvolvera suas próprias ideias sobre a vida e começara a desdenhar o mundo. Não estava olhando para os santos ao seu lado, que a adoravam, nem para o Messias em seus braços. Não estava nem mesmo olhando para o céu, mas para o chão, e certamente via alguma coisa ali.

Deixei a pintura na mesa. Fechei os olhos e imaginei o quadro da exposição. Somente naquele instante me ocorreu que a pessoa representada nele existia de verdade. Mas é claro! Tratava-se de um autorretrato! O que significava que aquela mulher maravilhosa devia estar entre nós, passeando, os olhos negros e profundos fixos no chão ou na pessoa que passa por ela, prestes a dizer alguma coisa, o lábio inferior um pouco mais grosso que o superior... ela existia! Estava viva! Em qualquer lugar, a qualquer momento, eu podia esbarrar com ela... Esse pensamento produziu em mim um grande pavor. Para um homem inexperiente como eu, seria assustador me deparar com uma mulher assim pela primeira vez.

Apesar de estar com vinte e quatro anos, eu nunca tivera uma aventura com uma mulher. Em Havran houve umas e outras peripécias regadas a álcool e alguma libertinagem promovidas pelos rapazes mais velhos do bairro, que nunca consegui entender muito bem. Minha timidez natural me impediu de querer repetir esses episódios. As únicas mulheres que conhecia eram as criaturas que instigavam minha imaginação. Elas apareciam nas mil e uma aventuras que eu sonhava deitado debaixo das oliveiras em dias quentes de verão, longe de preocupações materiais. Todas tinham uma coisa em comum: eram inatingíveis. Alimentei por vários anos uma paixão secreta por nossa vizinha Fahriye. Várias vezes imaginei indecências com ela beirando o vergonhoso.

Quando passava por ela na rua, meu rosto ficava tão vermelho e meu coração batia tão forte que eu depressa procurava um abrigo para me esconder. Nas noites de Ramadã, eu fugia de casa e ia me esconder perto da porta da casa dela para vê-la sair com a mãe de lampião na mão para participar das orações do *tarawih*. Só que quando a porta se abria eu mal conseguia enxergar suas vestes pretas que refletiam a luz amarelada. Eu virava o rosto para a parede, morrendo de medo de que elas me vissem.

Quando encontrava uma mulher que achava atraente, minha primeira ideia era fugir. Se, por um momento, ficássemos frente a frente, eu sentia pavor de que cada olhar ou gesto pudesse revelar meus sentimentos verdadeiros. Sentindo uma vergonha sufocante, eu me sentia a pessoa mais infeliz do mundo. Não me lembro de jamais ter olhado uma mulher nos olhos durante minha adolescência, nem mesmo minha mãe. Mais tarde, quando me mudei para Istambul, esforcei-me para vencer minha timidez absurda e, com a ajuda de amigos, conheci algumas moças com as quais pude tentar ser eu mesmo. Contudo, no momento em que percebia um mínimo interesse da parte delas, meu propósito, minha determinação se esvaiam por inteiro. Nunca fui santo: quando imaginava essas mulheres, vivia cenas que deslumbrariam até o amante mais experiente, e quando imaginava os lábios quentes e pulsantes dessas garotas pressionados contra os meus, sentia uma embriaguez muito mais intensa do que qualquer coisa que a vida real pudesse oferecer.

Mas aquele quadro, Madona com casaco de pele, mexera comigo de tal forma que era impossível imaginar aquela mulher numa cena assim. Eu não conseguia nem me ver sentado ao lado dela como amigo. A única coisa que eu queria era ficar olhando fixamente, horas a fio, para aquela pintura, analisando aqueles olhos que, com certeza, não olhavam para mim. Era um desejo que só crescia. Vesti o casaco e voltei para a galeria. Fiz isso por vários dias.

Todas as tardes eu caminhava lentamente pelo salão, fingia inspecionar cada quadro da exposição enquanto minha impaciência só aumentava. Porque tudo o que eu desejava era ir diretamente para a Madona. Quando enfim a alcançava, fazia de conta que a estava vendo pela primeira vez. E lá permanecia, até as portas da se fecharem. Em pouco tempo me tornei uma pessoa conhecida dos guardas e de alguns artistas que visitavam a galeria tanto quanto eu. Eles me cumprimentavam com um largo sorriso e seguiam com os olhos aquele estranho entusiasta da pintura. Com o passar do tempo, desisti de disfarçar minhas intenções olhando para os outros quadros. Seguia direto para a Madona com casaco de pele e me sentava no banco diante dela. Ficava lá olhando, olhando, até minha vista cansar e por fim desviar os olhos para o chão.

Como era de esperar, acabei despertando a atenção dos frequentadores da exposição. Um dia o que eu mais temia aconteceu. A maioria dos artistas que frequentavam a galeria eram homens com longas echarpes e cabelos cumpridos que caíam sobre os ternos pretos. Mas havia também uma jovem que, de vez em quando, se juntava a eles.

Um dia, ela se aproximou de mim. "Parece que você tem um fascínio especial por esse quadro", disse. "Vem vê-lo todos os dias!"

Levantei os olhos e vi o final de um sorriso deliberado e zombeteiro. Para me proteger, baixei o olhar. Bem na minha frente estavam os sapatos de bico fino, esperando que eu me explicasse. Notei que ela usava uma saia curta e tinha pernas incrivelmente torneadas. E podia ver, toda vez que ela se movia, uma onda doce agitando-se por baixo das meias até os joelhos.

Ao perceber que ela não iria embora enquanto não obtivesse uma resposta, falei: "Sim! É um quadro bonito…". Então, não sei dizer por que motivo, senti necessidade de dar uma explicação. E murmurei uma mentira: "Ela se parece muito com a minha mãe…".

"Ah, então é por isso que você fica aqui olhando horas para ela!"

"Sim!"

"Sua mãe já morreu?"

"Não!"

Ela esperou como se quisesse que eu continuasse. Ainda olhando para o chão, acrescentei: "Minha mãe está muito longe".

"Ah… onde?"

"Na Turquia."

"Você é turco?"

"Sim."

"Percebi que você era estrangeiro."

Dando uma risadinha, ela se sentou ao meu lado no banco. Sua atitude, eu diria, era bastante desembaraçada. Ao cruzar as pernas mostrou parte da coxa, bem acima do joelho. Senti que estava de novo ruborizado. Parecendo se divertir com meu estado, ela me fez outra pergunta: "Você tem uma foto da sua mãe?".

Quanta impertinência! Ela estava ali só para caçoar de mim! Os outros artistas olhavam para nós de longe, com certeza estavam rindo.

"Tenho, mas... isso é diferente", eu disse.

"Ah! *Isso* é diferente..."

Então, ela deu outra risadinha.

Fiz que ia embora. Ao notar, ela se voltou para mim: "Não precisa se incomodar. Já estou indo... vou deixá-lo a sós com sua mãe".

Levantou-se e deu alguns passos. De repente, deu meia-volta e se aproximou de mim. Sua voz agora não se parecia em nada com a que eu ouvira até então, era séria, quase melancólica: "Você realmente gostaria de ter uma mãe como essa?".

"Sim... gostaria, sim!"

"Ah..."

Virando as costas para mim, ela saiu andando. Levantei os olhos e a observei. Seu cabelo curto repicava na nuca, as mãos nos bolsos da jaqueta faziam o casaco ficar justo na cintura.

Surpreso ao pensar na mentira que havia enunciado em nossa primeira conversa, não ousei olhar ao redor, levantei-me depressa e fugi.

Eu me sentia vazio como se tivesse me separado abruptamente de um companheiro de viagem em quem passara a confiar. Sabia que não voltaria a pôr os pés naquela galeria. Pessoas que não sabiam absolutamente nada umas das outras haviam me enxotado de lá.

De volta à pensão, contemplei os dias maçantes que me esperavam. Todas as vezes em que me sentava à mesa para comer, tinha que ouvir pessoas da classe média reclamando da inflação que corroía suas fortunas ou seus planos mirabolantes para salvar a Alemanha. À noite, eu me trancava no quarto para ler histórias de Turguêniev ou Theodor Storm. Percebi como minha vida ganhara significado nas últimas duas semanas e também como era perder isso. Um fio de luz viera iluminar minha existência vazia e sem sentido com possibilidades que eu não ousava questionar. Mas, assim como viera, de súbito e sem razão se esvaíra. Só agora eu entendia o que isso significava. Eu passara todos os meus dias, talvez inconscientemente ou sem confessar para mim mesmo, à procura de alguém. Por essa razão evitava os outros. Aquela pintura, mesmo que por um breve período, me convencera de que seria possível encontrá-la, e muito em breve. O quadro despertara em mim uma esperança que nunca mais se esvaneceria. Amaldiçoei o mundo ao meu redor, com mais veemência do que antes. Evitando a companhia dos outros, recolhi-me ainda mais. Considerei escrever para meu pai dizendo que estava pronto para voltar para casa. Mas o que eu iria dizer se ele me perguntasse o que eu havia aprendido na Europa? Melhor, pensei, seria ficar mais alguns meses e dominar o ofício de fabricar "sabões perfumados" para satisfazê-lo. Voltei à firma sueca, onde fui tratado com certa frieza, mas afinal me contrataram. Todo dia eu me apresentava na fábrica para trabalhar. Anotava com esmero num caderno os métodos e suas fórmulas e lia livros sobre o assunto.

Na pensão, a viúva holandesa Frau van Tiedemann estreitava sua amizade comigo. Emprestava-me romances que havia comprado para o filho de dez anos que estava no internato e depois pedia minha opinião. Às vezes, depois do jantar, ia até meu quarto com um pretexto banal e tagarelava por horas. Geralmente queria saber das minhas aventuras com as garotas alemãs e, quando eu lhe dizia a verdade, ela balançava o dedo indicador e me lançava um olhar e um sorrisinho, como quem diz: "Você não me engana, seu danadinho...".

Certo dia, ela me convidou para dar um passeio à tarde e, no caminho de volta, me convenceu a parar em uma taverna, onde bebemos cerveja até perder a noção do tempo. Desde que cheguei a Berlim, eu só tomava cerveja ocasionalmente, nunca tanto como naquela noite. Comecei a ver tudo girar e acabei nos braços de Frau Tiedemann. Quando voltei a mim, alguns minutos depois, vi a caridosa viúva passando, no meu rosto, um lenço úmido que pedira ao garçom. Falei que deveríamos voltar logo para a pensão. Ela insistiu em pagar a conta. Quando saímos, percebi que cambaleava mais do que eu. De braços dados, avançávamos trombando com uns poucos que cruzavam nosso caminho. Como já era tarde, perto da meia-noite, as ruas estavam quase vazias. Então, ao atravessar uma rua, algo estranho aconteceu. Quase chegando à calçada oposta, Frau van Tiedemann tropeçou no meio-fio e, como era gorducha, agarrou-se em mim para se sustentar em pé; talvez por ser mais alta do que eu, acabou abraçada ao meu pescoço. Mas ao recuperar o equilíbrio, ela não me largou; ao contrário, me agarrou com mais força ainda. Eu, talvez em razão da bebedeira, perdi toda a inibição. Abracei-a com força e senti os lábios famintos da mulher de trinta e cinco anos. Senti seu hálito quente e com ele o aroma da paixão, deliciosamente impetuoso e intenso. Transeuntes riam e nos desejavam felicidade. Então, cerca de dez passos adiante, avistei uma mulher sob um poste de luz avançando em nossa direção. Tomei um susto e senti o corpo estremecer. Ao perceber, Frau van Tiedemann me abraçou ainda mais forte, cobrindo meus cabelos de beijos. A essa altura eu já estava tentando me desvencilhar. O que eu queria era ver a mulher que se aproximava de nós. Era ela. Um único olhar e um breve lampejo dispersou a névoa da minha mente. Ali estava ela: a mulher de rosto pálido, olhos negros e nariz longo, vestindo um casaco de pele de gato-montês, tal qual o quadro na galeria, a Madona com casaco de pele. Caminhava alheia ao mundo ao seu redor; no rosto, aquela mesma melancolia e a expressão de fadiga. Quando nos viu, se sobressaltou. Nossos olhares se encontraram. No dela, vi um leve sorriso. Retraí-me como se tivesse sido açoitado na nuca. Apesar de minha embriaguez, percebi o que significava encontrar-me com ela pela primeira vez em uma situação como aquela. A primeira impressão que lhe causei estava nítida no seu sorriso. Por fim, consegui me desvencilhar dos braços da mulher e corri atrás da Madona com casaco de pele, na esperança de alcançá-la. Não sabendo o que dizer ou fazer, fui até a esquina. Ela simplesmente desaparecera. Fiquei ali por alguns minutos, procurando em torno, mas não havia ninguém. Ninguém, além de Frau van Tiedemann: "O que aconteceu com você? Me diga o que houve!". Dando o braço para mim, ela me guiou até a pensão. No caminho, me abraçava com força, pressionando o rosto contra o meu. Sua respiração quente ficou insuportável, opressiva... porém eu não resistia. Afinal, nunca aprendera a resistir a ninguém. O que eu fazia era fugir, mas isso parecia fora de questão. Eu não podia dar três passos sem que a mulher me puxasse de volta para seus braços. Eu ainda estava atordoado com o encontro inesperado. Como o efeito do álcool estava diminuindo, tentei relembrar o que acabara de ver, aqueles olhos sorridentes de havia pouco. Era como se tudo não tivesse passado de um sonho. Não, eu não a vira. Não podia ter topado com ela daquela maneira. O que vira fora um pesadelo provocado pela mulher que me abraçava e me sufocava com seu hálito quente e seus beijos... Eu só queria deitar na minha cama, cair no sono e esquecer aqueles pensamentos perturbadores e sem sentido. Mas a mulher não tinha nenhuma intenção de me largar. Quanto mais nos aproximávamos da pensão, mais apertado e mais apaixonado era seu abraço.

Na escada, ela novamente envolveu meu pescoço com os braços, mas num movimento rápido me desvencilhei e subi correndo. Seu corpo enorme fazia a escada estremecer, na tentativa de alcançar-me, resfolegando. Enquanto eu tentava enfiar a chave na fechadura do meu quarto, o comerciante colonial Herr Döppke apareceu na ponta do corredor. Lentamente foi se aproximando de mim. Percebi que estava acordado esperando que voltássemos. Respirei fundo. Toda a pensão sabia que aquele cavalheiro nutria sentimentos afetuosos pela viúva em quem as chamas da paixão ainda ardiam. Frau van Tiedemann não estava totalmente alheia aos afetos dele, e havia rumores de que gostava do solteirão, cujo vigor e energia desmentiam seus cinquenta anos de idade. Quando se avistaram no corredor, os dois ficaram paralisados. Eu entrei depressa no meu quarto e tranquei a porta. Ouvia-se uma conversa sussurrada que se prolongou por um bom tempo. Perguntas delicadas eram respondidas com cautela, acalmando os ouvidos de quem estava disposto a acreditar. Por fim, escutei o som de passos e os sussurros desapareceram no corredor.

Assim que minha cabeça encostou no travesseiro, adormeci. Perto de amanhecer, tive um pesadelo em que a Madona com casaco de pele aparecia de diversas formas, sempre me torturando com um sorriso terrível e devastador. Eu tentava dizer alguma coisa, dar-lhe explicações, mas não conseguia.

Aquele olhar penetrante paralisava as minhas mandíbulas. Ela apresentara seu veredicto. Não me restava nada a fazer, além de sofrer e me desesperar. Acordei antes do amanhecer. Minha cabeça doía. Acendi a luz e tentei ler um pouco, mas as linhas se embaralhavam diante dos meus olhos e em meio à névoa eu via dois olhos negros rindo da minha desgraça. Por mais que estivesse seguro de que o que vira na noite anterior não passava de imaginação, não conseguia me acalmar. Me troquei e saí. Era uma manhã fria e úmida em Berlim. Não havia ninguém na rua além dos meninos vendendo leite, manteiga e pãezinhos de casa em casa. Ao dobrar a esquina, vi policiais tentando arrancar os cartazes com dizeres revolucionários afixados nos muros na noite anterior. Beirando o canal, cheguei ao Tiergarten. Dois cisnes, imóveis feito brinquedos, deslizavam pelas águas tranquilas. Os prados do bosque e os bancos de madeira estavam molhados. Em um deles havia um jornal amassado e grampos de cabelo. Eles me fizeram lembrar da noite anterior. Frau van Tiedemann deve ter deixado cair seus grampos tanto na taverna como na rua, e agora provavelmente estava deitada relaxadamente ao lado de seu vizinho Herr Döppke, pensando que teria de voltar para seu quarto antes de a faxineira chegar.

    Chegando à fábrica mais cedo do que de costume, cumprimentei calorosamente o guarda. Estava determinado a me dedicar com zelo ao trabalho e assim me ver livre dos medos opressivos que a vida ociosa me causara. Sentado ao lado de grandes caldeirões de sabão com essência de rosa, eu tomava longas notas em meu caderno. Escrevia os nomes das fábricas que prensavam sabão e já me via como gerente de uma grande e moderna fábrica em Havran, famosa em toda a Turquia. Imaginava sabões ovais cor-de-rosa sobre os quais era possível ler Mehmet Raif — Havran, envoltos em um papel macio e perfumado.

À tarde percebi que meu desânimo havia arrefecido e comecei a olhar a vida com cores mais vivas. Eu me preocupara tanto com coisas insignificantes, dando asas à imaginação e me entregando a medos inventados... Estava decidido a mudar, haveria de limitar-me a ler livros relacionados apenas com meu trabalho. Por que eu, nascido numa família honrada e abastada, não poderia ser feliz?

Eu tinha os olivais de meu pai, duas fábricas e a manufatura de sabão me esperando em Havran. Minhas duas irmãs mais velhas, casadas com homens abastados, também teriam participação no negócio. E eu viveria como um comerciante influente na minha cidade. O exército turco libertara a cidade de Havran dos inimigos. Meu pai estava radiante e suas cartas transbordavam de frases de sentimento patriótico. Mesmo estando em Berlim, tivemos oportunidade de desfrutar de uma grande celebração na embaixada da Turquia. Às vezes, abandonando minha timidez, eu dava conselhos a Herr Döppke e aos oficiais desempregados sobre como salvar a Alemanha, baseando-me no que tínhamos conseguido na Anatólia. Concluí que não havia nada com que me angustiar. Por que me preocupar com um quadro insignificante, inspirado em algum personagem de romance? A partir de agora eu mudaria por completo...

Ao anoitecer, porém, o desânimo voltou a se apossar de mim. Não querendo encontrar Frau Tiedemann à mesa, decidi sair para comer e tomei duas canecas de cerveja. Apesar de todos os meus esforços, não conseguia sentir de novo o otimismo da manhã. Era como se alguma coisa estivesse continuamente esmagando meu coração. Na esperança de que um passeio ao ar livre pudesse aliviar meu péssimo estado de ânimo, apressei-me em pedir a conta. O céu estava nublado e garoava. Eu podia ver os reflexos carmesim das luzes da cidade nas nuvens mais baixas. Havia chegado a uma avenida longa e larga chamada Kurfürstendamm. O céu ali estava todo iluminado, pintando de laranja as gotas de chuva que caíam de centenas de metros acima de nós. Dos dois lados da avenida havia cassinos, cinemas e teatros. Pessoas passeavam pela calçada sem se perturbar com a chuva. Eu também caminhava a passos lentos enquanto pensamentos triviais e insignificantes povoavam a minha cabeça. Era como se quisesse me livrar de um pensamento que insistentemente me perturbava. Olhava com cuidado cada placa, cada anúncio iluminado. Indo e voltando, eu caminhava pela avenida toda, que se estendia por vários quilômetros. Num certo ponto virei à direita e cheguei à praça Wittenberg.

Ali encontrei um grupo de jovens que usavam botas vermelhas e tinham o rosto maquiado como o das mulheres. Estavam à toa na calçada em frente a uma loja grande chamada

KDW, flertando com os transeuntes. Puxei o relógio. Passava das onze horas. Como o tempo passa rápido! Apressei o passo até chegar à praça Nollendorf. Agora eu sabia bem para onde estava indo: para o lugar no qual, na noite anterior, exatamente àquela hora, vira a Madona com casaco de pele.

A praça estava deserta, exceto por alguns policiais na frente do teatro, no lado norte. Atravessei a rua e cheguei ao lugar onde Frau van Tiedamann me agarrara. Olhei fixamente para o poste de luz, como se isso pudesse evocar a mulher que procurava. Apesar de estar convencido de que o que eu vira na noite anterior não passara de uma quimera, um delírio criado por minha embriaguez, estava ali esperando pela mulher que talvez fosse apenas uma alucinação. Naquele lugar com o qual sonhara desde a manhã, soprava uma brisa. De novo me revelei um fantoche da minha imaginação, um cativo do meu próprio faz de conta.

Nesse instante, vi alguém atravessando a praça e avançando em minha direção. Esperei escondido no umbral da porta de uma casa. Estiquei o pescoço para espiar e vi a Madona com casaco de pele se aproximando com passos curtos e determinados. Dessa vez não havia engano. Eu estava sóbrio. A rua vazia ecoava o som seco de suas botas. Senti meu coração dolorido contrair-se e disparar freneticamente. O ruído dos passos se aproximava cada vez mais. Virando as costas para a rua, fingi mexer na fechadura, curvando-me como se fosse entrar na casa. Foi tudo o que consegui fazer para não cair ou gritar quando ouvi os passos se deterem bem atrás de mim. Encostei-me no muro. Quando ela passou, saí da entrada da casa e a segui, com medo de perdê-la de vista. Não consegui ver seu rosto. Mas estava, apesar do medo de tê-la novamente diante de mim, apenas cinco ou seis passos atrás dela, que parecia não se dar conta de que estava sendo seguida. Por que eu fora até lá e esperara por ela se iria me esconder? Por que a seguia? Será que era ela realmente? Como eu poderia ter tanta certeza de que uma mulher que passara por determinada rua em determinada hora da noite passaria pelo mesmo lugar vinte e quatro horas depois? Eu não estava em condição de responder a essas perguntas. Meu coração ainda batia forte, e eu continuava a segui-la, embora ficasse cada vez mais nervoso com a possibilidade de ela se virar a qualquer momento e me ver. Andava de cabeça baixa, olhos fixos no asfalto, seguindo o som de seus passos. De repente, o som desapareceu. Estaquei. Fiquei parado com a cabeça ainda mais baixa, parecia um condenado. Mas ninguém se aproximou, ninguém perguntou: "Por que você está me seguindo?". Alguns segundos depois, percebi que a rua ao redor dos meus pés estava iluminada.

Levantei lentamente a cabeça: não havia nenhuma mulher. Alguns passos à frente vi a porta cintilante do Atlantic, um cabaré bastante conhecido. O nome, escrito com lâmpadas azuis piscantes numa placa enorme, tinha como fundo o que parecia ser as ondas do mar. Na porta havia um homem de quase dois metros de altura usando um terno bordado e um chapéu vermelho. Ele me convidou a entrar. A mulher já devia estar lá dentro, pensei. Sem hesitar, me aproximei e perguntei: "Por acaso uma mulher com casaco de pele entrou agora há pouco?".

O porteiro se aproximou ainda mais de mim. "Sim!", disse, sorrindo.

Então pensei, será que ela é assídua deste lugar? O fato de que ela ia até ali sempre à mesma hora todas as noites indicava isso. Inspirei profundamente, mas com calma, tirei o casaco e entrei.

O salão estava lotado. No centro havia uma pista de dança e do outro lado uma orquestra. Junto às paredes, no alto, ficavam os camarotes reservados, muito discretos. A maioria tinha as cortinas fechadas. De vez em quando, casais saíam de lá para dançar. Depois voltavam e fechavam as cortinas. Fui até uma mesa que parecia estar desocupada, sentei e pedi uma cerveja. Meu coração já não palpitava. Olhei ao redor com calma. Esperava encontrá-la — a Madona com casaco de pele, a mulher que me tirara o sono por semanas — sentada numa das mesas ao lado de um casanova jovem ou velho. Assim que eu visse a mulher a quem dera tamanha importância oferecendo-se no mercado, estaria livre das minhas esperanças. Ela não estava em nenhuma das mesas. Provavelmente estava em um dos camarotes. Dei um sorriso amargo, sentindo-me frustrado por não ver as pessoas como elas realmente são. Embora já tivesse vinte e quatro anos, ainda não me livrara da ingenuidade da infância. Deixar-me levar e impressionar por uma simples pintura, talvez nem tão boa assim... O significado que eu conferira àquele rosto pálido poderia encher bibliotecas, bem como suas qualidades, não somente inverossímeis, mas impossíveis. E agora eu a flagrara em busca de prazeres em um cabaré vil, como tantas outras garotas. A Madona com casaco de pele de gato, a quem eu vira com tanto respeito, não passava de uma cantora cuja apresentação estava incluída no preço do consumo.

 Comecei a examinar todos os camarotes para ver quem saía e quem entrava: em meia hora já conhecia todos os casais apaixonados daquelas cabines privadas. Certamente a Madona com casaco de pele não estava em nenhum camarote. Cheguei até a espiar dentro deles toda vez que as cortinas se abriam. Mas não vi ninguém sentado sozinho e nem nenhum casal que não houvesse saído para dançar.

 Mais uma vez, perdi a calma. Será que tivera outra alucinação? Seria ela a única mulher em Berlim a usar casaco de pele? Eu nem sequer vira seu rosto. Seria mesmo possível reconhecer uma mulher apenas por sua maneira de andar? Uma mulher que, ao ver-me bêbado, cravara os olhos em mim e lançara um sorriso zombeteiro. Se é que eu realmente a vira naquela noite. E se estivesse imaginando coisas, como em um sonho? Senti medo de mim mesmo. O que estava acontecendo comigo? Como um quadro poderia ter tamanha influência sobre mim? E pensar que eu julgara que ela era a mesma mulher que cruzara o meu caminho à noite! E pensar que eu a seguira só por causa do ruído dos seus passos e de seu casaco de pele! Não havia mais nada a fazer senão sair imediatamente daquele lugar e me vigiar o tempo todo.

Naquele momento, o salão escureceu. Havia apenas uma luz fraca sobre o palco. A pista de dança se esvaziou. Logo depois, começou uma canção suave e lenta. Cortando o naipe de sopros, pude ouvir o lamento de um violino. Lentamente o volume foi aumentando. Uma jovem de vestido branco bastante decotado desceu à pista de dança tocando o instrumento. Numa voz muito grave que soava como uma voz masculina, ela começou a cantar uma música que estava na moda. Um projetor lançava uma luz oval que a seguia pelo salão.

Imediatamente a reconheci. Todas as minhas dúvidas, bem como mil e uma especulações de pronto se desvaneceram. Ah, meu coração ficou apertado... Que triste vê-la lançando sorrisos falsos e se fazendo de coquete com tamanha relutância!

Eu conseguiria imaginar a mulher do quadro em diversas situações, até mesmo pulando de colo em colo. Mas não estava preparado para vê-la daquela maneira. Como parecia infeliz! Onde estava a mulher altiva, satisfeita e determinada que povoava meus pensamentos?

Teria sido melhor vê-la como a imaginara pouco antes, embriagando-se, dançando e beijando os homens, pensei. Porque nesse caso ela pelo menos estaria fazendo tais coisas por vontade própria. Esquecida de si mesma, deixando-se levar. Agora, no entanto, eu percebia claramente que ela não tinha o menor interesse no que estava fazendo. Não havia nada de extraordinário em sua maneira de tocar violino, mas sua voz era ainda mais linda do que ela, ou melhor, era uma voz comovente. Ela cantava músicas que transbordavam de emoção, como se as palavras fluíssem da boca de um jovem inebriado. O sorriso que mantinha estampado no rosto como um remendo parecia desesperado para escapar. Depois de se inclinar para cantar alguns refrões românticos no ouvido de um cliente, ela ia para a mesa seguinte, e sua expressão, de repente, ficava séria, voltando àquele semblante do quadro que eu conhecia tão bem. Nada no mundo me agoniava mais que ver alguém com uma natureza melancólica ser forçado a sorrir. Quando ela se aproximou de uma mesa, um rapaz embriagado se levantou cambaleando e beijou suas costas nuas. Ela contraiu o rosto, como se tivesse sido picada por uma cobra, mas o calafrio que sentiu perpassar seu corpo desapareceu em um quarto de segundo.

Então ela se empertigou e olhou para o rapaz, como se dissesse: "Gostei do que você fez!". E, voltando-se para a mulher ao lado dele, que parecia um tanto desgostosa com a atitude do companheiro, balançou a cabeça, como quem diz: "Deixe para lá, minha senhora, os homens são assim mesmo. Vamos deixá-los livres para agir como bem entenderem!".

No fim de cada música as pessoas aplaudiam, e a mulher, com um aceno de cabeça, sinalizava para a orquestra tocar mais. Ela então iniciava outra canção com aquela voz grave, repleta de emoção, o longo vestido branco deslizando pelo assoalho de parquê enquanto ela ia de mesa em mesa. Às vezes, parando diante de um casal bêbado que se abraçava ou na frente de um camarote de cortinas fechadas, ela encaixava o violino sob o queixo e deslizava os dedos desajeitados pelas cordas.

Quando a vi se aproximar da minha mesa, entrei em pânico. Como poderia encará-la? O que diria? Acabei rindo da minha situação. Era muita presunção acreditar que ela reconheceria um homem que vira passar no escuro, na noite anterior. Para ela eu era apenas mais um dos jovens que estavam ali com os companheiros em busca de diversão. Mesmo assim, mantive a cabeça baixa. A orla de seu vestido estava suja de pó por se arrastar pelo assoalho. Por baixo dele apareciam as pontas de suas sandálias brancas. Ela não usava meias. Dava para ver, com o reflexo branco do projetor, uma pequena marca cor-de-rosa na parte de cima do seu pé, logo acima dos dedos. De repente imaginei-a completamente nua na minha frente. Levantei a cabeça, envergonhado. Ela me fitava atentamente. Não cantava, apenas tocava o violino. O sorriso falso se fora. Em seus olhos havia um cumprimento amistoso. Sim, sem pretensão e sem mover os lábios ela me cumprimentava como a um velho amigo. Falava apenas com os olhos, mas de maneira clara. Naquele momento, eu soube que não estava enganado. Então ela sorriu. Um sorriso largo, aberto, inocente, genuíno. Sorriu para mim como se eu fosse um velho amigo... Depois de tocar por um tempo, fez um sinal com a cabeça e, despedindo-se com os olhos, seguiu para a próxima mesa.

Senti um desejo imenso de saltar de meu lugar, abraçá-la, beijar seus lábios e deixar as lágrimas correrem. Nunca fiquei tão feliz em toda a minha vida. Senti meu coração se abrir pela primeira vez. Como era possível uma pessoa deixar outra tão feliz sem nenhum esforço, sem fazer absolutamente nada? Um cumprimento amistoso e um sorriso inocente... e naquele instante eu não queria mais nada. Era o homem mais rico do mundo. Enquanto meus olhos a seguiam pelo salão, eu murmurava: "Obrigado... muito obrigado". Agora sabia que havia visto a verdade naquele quadro. Ela era real, exatamente como eu a imaginara. Se não fosse assim, por acaso ela teria me reconhecido e me cumprimentado daquela maneira?

Então uma dúvida me invadiu: quem sabe ela me confundira com outra pessoa? Ou me cumprimentara por educação, reconhecendo vagamente meu semblante miserável da noite anterior, sem se lembrar de onde, exatamente? Porém não vi nenhuma dúvida em seus olhos, nenhuma busca hesitante em sua memória. Ela olhara para mim com muita confiança e depois sorrira. Não importavam suas intenções, com aquela aproximação ela me fizera o homem mais feliz do mundo. Fiquei sentado ali, com um sorriso impudente, de alguém satisfeito com a vida, observando tranquilo as pessoas ao meu redor e vendo a jovem se deslocar de um lado para outro no salão. Seu cabelo curto, escuro e ondulado caía sobre a nuca, seus braços nus balançavam e sua cintura oscilava suavemente para a direita e para a esquerda enquanto ondas percorriam os músculos firmes de suas costas.

Depois de cantar a última música, ela deslizou para trás da orquestra e desapareceu. Em seguida, as luzes se acenderam. Continuei ali por um tempo, perdido em pensamentos, regozijo e questionamentos sobre o que faria depois. Deveria sair agora mesmo e esperá-la na porta? Mas qual seria a justificativa? Eu não lhe havia dirigido uma palavra sequer. Como poderia esperar por ela e me oferecer para acompanhá-la até sua casa? E se o fizesse, o que ela pensaria de mim? Por que mostraria o mínimo interesse por mim se eu lhe dissesse as palavras típicas de um mulherengo?

Concluí que seria mais educado ir embora e voltar na noite seguinte. Isso permitiria que nossa amizade se desenvolvesse aos poucos. O que acontecera já era demais para uma noite só... Desde minha infância eu temia desperdiçar felicidade... sempre quis guardar um pouco para depois — o que me fez perder muitas oportunidades —, mas receava querer mais e assim espantar minha boa sorte.

Olhei ao redor para chamar o garçom. Quando meus olhos perpassaram a orquestra, vi a mulher voltando para o salão, desta vez sem o violino. Caminhava com passos rápidos. Quando percebi que vinha na minha direção, olhei em volta para ver se alguém a esperava. Ela vinha na direção da minha mesa. Parou diante de mim, estendeu a mão e disse: "Como vai?".

Recuperando-me parcialmente do choque, fiz menção de me levantar. "Obrigado... estou bem!", respondi.

Ela se sentou na cadeira diante de mim. Arrumando o cabelo que lhe caía sobre o rosto, olhou bem nos meus olhos e perguntou: "Você está zangado comigo?".

Fiquei perplexo. O que ela estava querendo dizer? Freneticamente, procurei alguma razão em minha mente confusa. "Zangado? Não, claro que não."

Sua voz era tão familiar! Talvez por conhecer intimamente cada linha de seu rosto e saber ler entre elas.

Olhar o quadro por vários dias, repetidas vezes, esculpira seu rosto na minha mente. Memorizei cada linha e pude até depreender mais significado dele do que realmente existia. Mas sua voz... provavelmente eu a ouvira antes... em algum lugar... talvez muito tempo atrás, na infância... ou apenas em minha imaginação.

Me remexi na cadeira na esperança de me livrar daqueles pensamentos. Ela estava diante de mim, falando comigo. Não era hora de me ocupar com pensamentos desnecessários e sem sentido.

Ela me perguntou novamente: "Então você não está zangado comigo? Por que nunca mais voltou?".

Meu Deus, ela realmente me confundiu com outra pessoa! Abri a boca para perguntar de onde ela me conhecia, mas desisti. Não me pareceu apropriado naquele momento. E se ela entendesse errado o motivo da minha pergunta? Ela poderia pedir licença, se levantar e sair.

Quanto mais eu prolongasse aquele sonho, aquele milagre, melhor. O que ganharia encurtando-o? Logo acordaria para a verdade.

Quando ela viu que eu não ia responder a sua pergunta, fez outra: "Sua mãe escreve para você?".

Em choque, saltei da cadeira. Pegando sua mão, exclamei: "Ai meu Deus... então era você?". De repente, tudo fez sentido. Finalmente me lembrei onde ouvira aquela voz.

Ela deu uma risada radiante e disse: "Você é um rapaz bem estranho".

Eu também me lembrava daquela risada. Ela deu a mesma risada na galeria quando se sentou ao meu lado no banco diante do quadro e perguntou o que eu achava dele; e, quando eu disse que a mulher se parecia com minha mãe, ela soltou exatamente a mesma risada e me perguntou se eu tinha um retrato da minha mãe... Eu só não entendia por que não a reconhecera naquele instante. Será que o quadro me hipnotizara? Será que a pintura limitara minha capacidade de enxergar o mundo real?

"Mas você não se parecia nada com o quadro naquele dia", murmurei.

"Como pode saber? Você nem olhou para o meu rosto", ela disse.

"Não, acho que olhei... Como pode ser?"

"Sim, você olhou para mim uma ou duas vezes. Mas sabe como? Como se não quisesse me ver."

Tirando a mão da minha, ela continuou: "Quando voltei para perto dos meus amigos, não disse a eles que você não tinha me reconhecido, senão eles teriam rido de você".

"Obrigado."

Ela pensou por um instante e seu olhar se anuviou. De repente, ficou séria: "E então, você ainda quer ter uma mãe como aquela?".

Por um instante eu não lembrava. Então minhas palavras tropeçaram. "Claro... claro... e como!"

"Foi exatamente o que você disse naquele dia."

"Talvez..."

Ela sorriu de novo. "Mas como é que eu poderia ser sua mãe?"

"Ah não, não..."

"Talvez sua irmã!"

"Quantos anos você tem?"

"Não é coisa que se pergunte! Mas tudo bem, vinte e seis. E você?"

"Vinte e quatro."

"Viu? Eu poderia ser sua irmã."

"Sim..."

Ficamos em silêncio por um tempo. Eu tinha tanto para dizer a ela, suficiente para muitos anos, talvez até mesmo para a eternidade... mas, naquele momento, não conseguia pensar em uma única palavra. Ela também estava com o olhar distante, o cotovelo direito apoiado na mesa e a mão esquecida casualmente sobre a toalha branca. As pontas estreitas de seus dedos longos, finos e curvados estavam vermelhas, como se estivessem geladas. Lembrei de como estava fria sua mão, que segurara pouco antes. Aproveitando a oportunidade, falei: "Suas mãos estão muito frias!".

Ela respondeu sem hesitar: "Aqueça-as!", e as estendeu para mim.

Olhei para o rosto dela. Seu olhar era vívido e determinado. Era como se ela não achasse nada extraordinário entregar suas mãos a um homem com quem conversava pela primeira vez. "Será que...?" De novo, minha mente começou a imaginar possibilidades improváveis. Então comecei a conversar, na esperança de expulsar esses pensamentos: "Desculpe-me por não a ter reconhecido na exposição", eu disse. "É que você estava tão alegre... até zombou de mim! E, devo dizer, você não se parecia em nada com a mulher do quadro... seu cabelo curto, sua saia curta, o casaco apertado... E quando foi embora, andava aos saltos, como se estivesse correndo... Era difícil enxergar você naquele quadro sério, meditativo e até melancólico que os críticos denominaram "Madona". Mas estou surpreso... Eu devia estar muito distraído."

"Sim, bastante... Eu me lembro do primeiro dia em que você foi à exposição... Ia andando pela galeria, parecia entediado, mas de repente estacou diante do meu retrato. Olhava para ele de uma maneira tão estranha! Algumas pessoas até perceberam. Num primeiro momento, pensei que você devia estar me comparando com alguém que conhecia. Mas você começou a aparecer todos os dias. Então, naturalmente comecei a ficar curiosa. Algumas vezes eu me aproximava e parava ao seu lado. Ficávamos assim, olhando para o quadro. Mas você não me reconhecia, embora virasse o rosto de vez em quando para ver a espectadora desconhecida que atrapalhava sua concentração. Havia um estranho charme na sua dispersão. Como eu disse, estava curiosa... Então finalmente decidi me aproximar de você e puxar conversa. Meus amigos artistas estavam tão curiosos sobre você quanto eu.... eles é que insistiram... mas eu não devia ter feito isso... porque depois perdi-o completamente... você foi embora e nunca mais voltou."

"Achei que você estava brincando comigo", repliquei. Mas logo me arrependi, pensando que ela fosse se magoar com essas palavras. Mas ela disse: "Sim, você tem razão".

Então, como se estivesse me analisando, perguntou: "Você está sozinho em Berlim, não?".

"Como assim?"

"Digo... sozinho... sem ninguém... espiritualmente sozinho... como posso dizer... você está com uma cara de..."

"Entendo... estou completamente sozinho... mas não só em Berlim... estou sozinho no mundo todo... desde criança."

"Eu também estou sozinha." Dessa vez foi ela que colocou minhas mãos entre as dela. "Tão sozinha a ponto de me sentir sufocada... tão sozinha quanto um cachorro doente."

Ela apertou minhas mãos com força e as levantou. Então bateu com o punho na mesa. "Podemos ser amigos! Você está me conhecendo agora, mas eu tenho observado você há mais ou menos vinte dias... esse seu jeito único... Sim, podemos ser ótimos amigos", concluiu.

Olhei para ela perplexo. O que estava tentando dizer? O que uma mulher poderia oferecer a um homem na minha situação? Eu não fazia a menor ideia. Eu não tinha nenhuma experiência nem conhecia as pessoas.

Ela percebeu isso. Pude ver sua preocupação. Temendo ter ido longe demais ou dito algo que eu pudesse entender errado, ela completou: "Agora, por favor, não pense como os outros homens… não tente entender um sentido oculto por trás de minhas palavras… eu sempre falo assim bem abertamente… como… como um homem… na verdade, eu pareço um homem em vários aspectos. Talvez por isso esteja sozinha…"

Ela me analisou de cima a baixo e, de repente, exclamou: "E você tem um pouco de mulher! Percebo agora. Talvez por isso eu tenha gostado de você desde que o vi pela primeira vez… Você tem um jeito que faz lembrar uma menina…"

Como fiquei surpreso — e triste — ao ouvir as palavras dos meus pais vindas de uma pessoa que eu acabara de conhecer.

"Eu nunca vou esquecer o seu jeito ontem à noite", ela continuou. "Sempre que penso nisso, eu sorrio. Você se esforçando para defender sua honra como uma garota inocente. Mas não é nada fácil escapar de Frau van Tiedemann."

Arregalei os olhos: "Você a conhece?".

"Como não haveria de conhecer? Somos parentes! Ela é minha prima, mas agora estamos de mal. Na verdade, não por mim… é minha mãe que não fala com ela pela maneira como vem se comportando. O marido dela era advogado. Morreu na guerra. Agora ela leva uma vida, nas palavras da minha mãe, 'imprópria'. Mas isso não tem nada a ver conosco.

O que aconteceu ontem à noite? Você conseguiu fugir? Como vocês se conheceram?"

"Moramos na mesma pensão. Mas ontem à noite me salvei por acaso. Ela tem afinidade com outro morador da pensão, Herr Döppke. Topamos com ele no corredor."

"Eles bem que podiam se casar."

Com essa frase ficou claro que ela queria encerrar o assunto. Ficamos em silêncio por alguns minutos, mas ainda estávamos, sem dar a perceber, analisando um ao outro, e, quando nossos olhos se encontravam, sorríamos satisfeitos com o que víamos.

Rompi o silêncio primeiro: "Então você tem uma mãe?".

"Sim, como você!"

Me aborreci por ter feito uma pergunta tão tola. Ao perceber isso, ela mudou de assunto: "É a primeira vez que vejo você aqui".

"Sim, eu nunca tinha vindo a um lugar como este... Mas, esta noite..."

"Esta noite?"

Juntando toda a minha coragem, confessei: "Segui você até aqui".

Ela pareceu surpresa. "Foi você que me seguiu até a porta?"

"Sim. Então você percebeu."

"Claro! Como uma mulher não perceberia uma coisa dessas?"

"Mas você não olhou para trás uma vez sequer."

"Eu nunca olho para trás..."

Voltamos a ficar em silêncio. Ela refletia sobre alguma coisa. Depois ergueu o olhar e disse, com um sorriso travesso: "É uma espécie de jogo para mim. Se alguém me segue na rua, não permito que minha curiosidade me vença. Nunca viro a cabeça. Em vez disso, penso em todas as possibilidades. Quem está me seguindo é um jovem ou um velho decrépito que gosta de jovens? Um príncipe rico? Um estudante pobre? Ou um vagabundo bêbado? Tento adivinhar pela cadência dos passos e assim, quando me dou conta, já cheguei! Então esta noite era você? Mas seus passos eram tão hesitantes. Pensei que fosse um homem velho. Velho e casado".

De repente, ela me olhou nos olhos: "Quer dizer que você esperou por mim na rua?".

"Sim."

"Como sabia que eu ia passar pelo mesmo lugar hoje? Você sabia que eu trabalhava aqui?"

"Não, como poderia saber? Pensei que, talvez... Na verdade, não pensei, sem perceber estava no mesmo lugar na mesma hora. Tive receio de que você me visse e me escondi na entrada de uma casa."

"Vamos indo, podemos conversar no caminho."

Ao ver meu espanto, ela perguntou: "Você não quer me acompanhar até minha casa?".

Dei um pulo da cadeira na hora. Isso a fez sorrir.

"Não há pressa, meu amigo", ela disse. "Ainda preciso trocar de roupa. Me espere na saída. Fico pronta em cinco minutos."

Ela se levantou, arrumou o vestido com a mão direita e me deixou. Antes de desaparecer atrás da orquestra, virou-se e me olhou com aquele olhar fantástico. Piscou para mim como se já fôssemos amigos há quarenta anos.

Chamei o garçom e pedi a conta. De repente me senti à vontade, corajoso até. Quando vi o garçom parado na minha frente fazendo as contas, tive um desejo imenso de sorrir e dizer: "Não está vendo minha felicidade, seu tolo?".

Queria cumprimentar cada cliente no salão, até mesmo os músicos, e abraçar e beijar todo mundo como se fossem amigos de quem me havia separado muitos anos antes e que agora reencontrava.

Levantei-me e com passos largos, relaxados e confiantes subi aos pulos os poucos degraus que levavam à chapelaria. Embora dispensasse tais desperdícios, dei um marco à mulher que me devolveu o casaco. Do lado de fora, respirei fundo e olhei em volta. A luz da placa com o nome "ATLANTIC" acima de mim fora apagada. Eu já não conseguia ver nela as ondas do mar. O céu estava limpo e havia uma lasca de lua crescente no horizonte a oeste.

Ouvi uma voz atrás de mim: "Está esperando há muito tempo?".

"Não, acabei de sair", respondi, virando-me.

Ela estava de pé diante de mim, piscando, como se estivesse tentando se decidir. Por fim, disse: "Você parece mesmo ser uma boa pessoa".

Nesse momento, porém, toda a minha coragem me abandonou. Mesmo desejando agradecer-lhe, segurar suas mãos e beijá-la, só consegui murmurar: "Mesmo? Não sei".

Com uma confiança encantadora, ela tomou meu braço. Segurando meu queixo com a outra mão, falou com aquela voz de alguém que acaricia uma criança: "Ah, você realmente é inocente, não é mesmo? É puro feito uma menininha".

Senti meu rosto arder de vergonha e baixei o olhar. Eu não gostava nada que uma mulher se dirigisse a mim daquela forma tão casual. Ainda bem que ela não continuou. Soltando meu queixo e meu braço — nessa ordem —, ela deixou que seus braços pendessem ao longo do corpo. Quando afinal ergui os olhos, percebi um pouco surpreso que ela estava chocada, quase envergonhada. Estava rubra do pesçoco até as bochechas. Tinha os olhos semicerrados, como se resistisse ao desejo de olhar para mim. Uma pergunta logo me veio à mente: Por que ela está agindo assim? Certamente não é esse tipo de mulher... mas então por que está agindo assim?

Parece que ela leu meus pensamentos. "Eu sou assim mesmo", disse. "Sou uma mulher estranha... e se você quiser ser meu amigo terá que se acostumar com muita coisa. Meus caprichos inexplicáveis, meus horários irregulares... é melhor que eu o avise: meus amigos acham que sou uma criatura bem irritante e incompreensível..."

Então, como se estivesse zangada por ser tão rígida consigo mesma, falou em tom ríspido, quase rude: "Mas fique tranquilo... não preciso de amigos e não devo nada a ninguém...

não preciso da amizade e nem da bondade de ninguém... você é que sabe...".

Repliquei em voz baixa e temerosa: "Tentarei entender você...". Caminhamos por um tempo em silêncio. Depois, já de braços dados, ela começou a falar. Sua voz não tinha nenhuma emoção, era como se estivéssemos conversando de coisas sem maior importância.

"Então você vai tentar me entender? Não é má ideia... mas já vou avisando, pode ser em vão! Só às vezes acho que posso ser uma boa amiga. O tempo dirá. Se, de vez em quando, eu discutir com você por besteiras, não dê muita importância. Não se magoe."

Ela parou no meio da rua e ergueu o dedo para mim, como se estivesse falando para uma criança se comportar: "Tem uma coisa que você não pode esquecer. Tudo isto vai acabar no momento em que você exigir algo de mim. Você não pode pedir nada... nada de mim, entendeu?". Ela parecia brigar com um inimigo desconhecido, e continuou com voz zangada: "Você sabe por que eu te odeio? E por que odeio todos os outros homens do mundo? Porque vocês exigem muito de nós, como se fosse um direito natural. Não me entenda mal, pois isso pode acontecer sem que uma única palavra seja pronunciada. Está na maneira como os homens nos olham e como sorriem para nós. Está na maneira de erguerem as mãos. Em suma, no modo como nos tratam. Você teria que ser cego para não ver a autoconfiança que eles têm, uma autoconfiança gigantesca e estúpida. E, se quiser entender a arrogância insolente dos homens, basta ver como ficam chocados quando um pedido é rejeitado. São sempre os caçadores, e nunca deixarão de nos ver como a pobre presa. E quais são nossos deveres? Sujeitar-nos e obedecer, dar o que querem... mas não deveríamos! Não queremos dar nada de nós mesmas. É nojenta, essa arrogância insolente e estúpida... Está me entendendo? É por isso que eu acho que podemos ser amigos. Porque não vejo em você a autoconfiança tola dos homens. Mas não sei... mesmo com um cordeiro entre os dentes, um lobo pode esconder sua ferocidade com um sorriso...".

Enquanto ela falava, voltamos a caminhar. Ela gesticulava furiosa, olhando ora para o céu ora para o chão. Parava de falar no meio das frases, dando a impressão de que tinha dito tudo que queria. Depois semicerrava os olhos e continuava.

Caminhamos assim por um bom tempo e depois mergulhamos outra vez num longo silêncio. Eu caminhava ao lado dela sem dizer nada, até que ela parou em frente a um prédio de pedra de três andares, em uma rua nos arredores do Tiergarten.

"É aqui que eu moro... com minha mãe", disse. "Continuamos nossa conversa amanhã... mas não volte ao clube... acho que eu não ficaria feliz de você me ver daquele jeito de novo... considere isso um ponto a seu favor. Vamos nos encontrar amanhã durante o dia... podemos dar um passeio juntos. Posso lhe mostrar alguns de meus lugares favoritos em Berlim. Vamos ver se vai gostar deles. Então, boa noite. Ah... espere um minuto: ainda não sei seu nome!"

"Raif!"

"Raif? Só isso?"

"Hatip zade Raif."

"Ah, impossível! Como é que eu vou lembrar disso? Não consigo nem pronunciar! Posso chamar você só de Raif?"

"Eu ficaria mais contente ainda!"

"E você pode me chamar somente de Maria… como eu disse, não quero me sentir em dívida com ninguém."

Ela sorriu de novo e, apesar de ter mudado de expressão muitas vezes desde que nos conhecemos, agora tinha o jeito doce de uma amiga. Estendeu a mão para apertar a minha. Em voz baixa, quase pesarosa, disse boa noite, tirou da bolsa a chave e se virou. Comecei a me afastar lentamente. Não havia dado nem dez passos quando escutei ela me chamar.

"Raif!"

Eu me virei e esperei.

"Volte aqui! Volte!" Percebi pela sua voz que ela estava tentando parar de rir. Então, adquirindo um tom educado, ela disse: "Estou contente de estarmos nos tratando pelo primeiro nome!".

Ela falava comigo do topo da escada, então eu tive que levantar a cabeça para vê-la. Porém, como estava escuro, não enxerguei nada. Esperei que ela continuasse a falar. Ainda com um leve riso na voz, ela se esforçou para ficar séria. "Então você está indo embora?", perguntou.

Meu coração disparou. Dei um passo adiante. Será que eu ficaria feliz em ficar? Eu não sabia dizer. Mas, apesar da minha mente rejeitar a ideia, a esperança encontrou um caminho. "Devo ficar?"

Ela desceu dois degraus. Seu rosto estava agora iluminado pela luz da rua. Aqueles olhos negros pareciam irrequietos e curiosos. "Você ainda não entendeu por que chamei você de volta?"

Ah sim, entendi... e voltei para me lançar nos braços dela. Mas ao mesmo tempo fui invadido por um intenso sentimento de desolação, de confusão e até mesmo náusea. Enrubesci e olhei para baixo. Não, não! Eu não queria isso.

Ela acariciava meu rosto. "O que está acontecendo com você? Parece que quer chorar. Você precisa mesmo de uma mãe, não somente de uma irmã. Então me diga, você estava indo embora mesmo?"

"Sim!"

"Você não vai me procurar no Atlantic de novo... exatamente como combinamos, certo?"

"Sim, amanhã podemos nos ver durante o dia."

"Onde?"

Olhei para ela com expressão tola. Eu não tinha me dado conta. Com voz lamuriosa, perguntei: "Foi por isso que você me chamou?".

"Claro... você realmente não se parece em nada com os outros homens. A primeira coisa que os homens fazem é garantir o lado deles. Você não. Simplesmente vira as costas e vai embora. Saiba que nem sempre a pessoa que você busca aparece onde você quer, como nesta noite."

Uma dúvida terrível tomou conta de mim. Perguntei-me, assustado, se o que estava para vivenciar seria apenas uma aventura amorosa trivial. Eu nunca aceitaria isso. Eu não poderia ver a Madona com casaco de pele daquela maneira. Preferia ser rejeitado por ser tolo e inexperiente. Mas essa ideia me deixou triste. Imaginei-a rindo de mim pelas costas, caçoando da minha inocência e da minha covardia. Vi-me novamente perdendo a esperança em todos e em tudo, me fechando dentro de mim, dando as costas para o mundo para sempre.

Mas, em seguida, minha mente ficou tranquila. Por fim, me envergonhei de, alguns minutos antes, ter alimentado aquelas suspeitas! E me senti agradecido à mulher que estava diante de mim por tê-las afugentado! Reunindo uma coragem que não imaginava ter, falei: "Você é uma mulher excepcional!".

"Não se precipite... Com alguém como eu, você precisa ter muita cautela!"

Tomei suas mãos nas minhas e as beijei. Creio que meus olhos estavam lacrimejantes. Por um instante seu rosto se aproximou do meu, quase a ponto de me tomar nos braços. Ao ver o calor do seu olhar, meu coração quase parou. A felicidade pura estava a alguns centímetros de mim. De repente, porém, ela se endireitou e afastou as mãos, com uma atitude bastante austera. "Onde você mora?"

"Na rua Lützow."

"Não é longe... Venha me buscar aqui amanhã à tarde."

"Em qual apartamento você mora?"

"Vou esperar na janela. Não há necessidade de você subir."
Girou a chave na fechadura e entrou.

Dessa vez voltei para casa a passos rápidos. Meu corpo nunca me pareceu tão leve. Eu era guiado pela imagem dela. E murmurava algo. O quê? Prestei atenção e percebi que eu dizia o nome dela repetidamente, dirigia-lhe palavras carinhosas. Às vezes, não conseguia me controlar e soltava uma risada contida. Quando cheguei à pensão, já estava amanhecendo.

Pela primeira vez desde a infância, caí no sono sem pensar no vazio e na insignificância da minha vida, e nem na mesmice do meu dia, igual a todos os outros, sem esperança de mudança.

No dia seguinte não fui à fábrica. Por volta de duas e meia da tarde me dirigi ao apartamento de Maria, passando pelo Tiergarten. Perguntava-me se ainda era muito cedo. Não queria perturbá-la, sabendo que trabalhava até tarde da noite e devia estar cansada. Minha ternura por ela não tinha limites. Eu a imaginava deitada em sua cama, a respiração lenta, o cabelo espalhado pelo travesseiro… e pensei que não havia, nesta vida, outra visão que trouxesse maior felicidade.

Tive a impressão de que o interesse que nunca demonstrara pelas pessoas, o amor que nunca sentira por ninguém foram se acumulando por muito tempo dentro de mim e agora vinham à tona de maneira vertiginosa em relação àquela mulher.

Estava ciente de que não sabia quase nada sobre ela. E de que meus julgamentos se baseavam nos meus sonhos e na minha imaginação. Ao mesmo tempo, tinha a certeza inabalável de que eles não me enganariam.

Toda a minha existência eu procurara por ela. Esperara por ela. Seria possível que meus sentimentos estivessem errados? Meus sentimentos, que haviam adquirido uma proporção doentia e intensa sensibilidade ao procurar aquela pessoa por todos os cantos, dedicando toda a minha atenção, toda a minha existência a essa busca? Meus sentimentos nunca haviam se enganado antes. Eles eram responsáveis pela primeira impressão que eu tinha de uma pessoa; depois, minha mente e minhas experiências costumavam contradizê-los — só para que, no fim, sua correção se confirmasse. Às vezes, pessoas de quem eu havia tido uma primeira impressão positiva acabavam me decepcionando. Havia os casos em que eu vinha a gostar de alguém que não me passara uma boa impressão de saída, e eu achava que essa primeira impressão havia me enganado. Porém, após um tempo mais longo ou mais curto, eu era obrigado a admitir que minha primeira impressão estava certa e que as alterações operadas por minha mente e por fatores externos ou incidentes enganadores eram ilusórias e passageiras.

Desde então, Maria Puder se tornou a pessoa que eu irremediavelmente necessitava para viver. No início, achei estranho aceitar esse fato. Como eu poderia necessitar de alguém de cuja existência acabara de ficar ciente? Mas não é sempre assim? Não nos damos conta de que precisamos de uma certa coisa até que a encontramos. Então entendi que minha vida foi vazia e sem propósito só porque Maria não estava nela. A vida toda evitei a companhia das pessoas e nunca expressei meus pensamentos a ninguém. Como tudo isso pareceu insignificante e absurdo! Às vezes eu temia que fosse a própria vida o que me deixava assim para baixo, que minha tristeza fosse fruto de uma doença da alma. Depois de passar duas horas lendo um livro que considerava mais satisfatório que muitos anos de minha vida, eu me dava conta, mais uma vez, de que a vida não tinha sentido e me desesperava.

Mas tudo havia mudado. Desde o momento em que vi o retrato daquela mulher, tive a sensação de ter vivido mais naquelas duas semanas do que em toda a minha vida. Todos os meus dias, todas as minhas horas, até minhas horas de sono, agora estavam completas. Não apenas os cansados membros do meu corpo reviviam, mas também minha alma revelava, de repente, a visão maravilhosa e preciosa que havia estado oculta a meus olhos por tanto tempo. Maria Puder me ensinou que eu tinha uma alma. E assim, contrariando um hábito de toda uma vida, pude ver uma alma nela. É evidente que todas as pessoas têm uma alma, só que a maioria não se dá conta disso e parte da mesma forma que veio. Uma alma só se manifesta quando encontra sua gêmea, quando deixa de ser necessário depender de nossa razão ou de nossas expectativas... Só então começamos a viver, a viver com nossa alma. Nossas hesitações, nossa vergonha são abandonadas nesse momento. Tudo pode ser superado quando duas almas se unem em um abraço. Assim, toda a minha inibição desapareceu. Eu queria desesperadamente entregar tudo àquela mulher, meu lado ruim e meu lado bom, o fraco e o forte, sem reter nada para mim mesmo. Queria desnudar minha alma. Tinha tanta coisa para dizer a ela... acho que mesmo se ficasse falando a vida inteira não daria conta... porque fiquei em silêncio a vida toda. Eu dizia para mim mesmo: "Que diferença vai fazer, se eu falar?".

No passado eu me deixava influenciar facilmente por uma emoção e acabava concluindo, sem base alguma, que jamais encontraria uma pessoa capaz de me compreender. Agora, no entanto, estava tomado por uma certeza infalível: *ela* me compreenderia perfeitamente.

Caminhei devagar, circundando o lado sul do Tiergarten, e por fim cheguei a um canal. Era possível ver a casa de Maria Puder da ponte. Acabara de dar três horas. O sol iluminava as janelas: eu não conseguia ver ninguém atrás delas. Apoiei-me no corrimão e olhei para as águas paradas. Pouco depois, pingos de chuva agitaram a superfície da água. Bem mais adiante, uma barca a motor esvaziava frutas e verduras nos carrinhos de mão reunidos no píer. Folhas caíam das árvores alinhadas à beira do canal, fazendo espirais no ar. Quanta beleza naquele cenário turvo e melancólico! Que refrescante inspirar aquele ar úmido... Era assim que a vida deveria ser vivida: em harmonia com o movimento mais tênue da natureza, observando seu fluxo com lógica inabalável; encontrando regozijo em cada momento, sentindo, em cada um deles, uma vida inteira, ciente de que tais instantes se revelavam para mim como para mais ninguém; e nunca esquecendo de que havia uma pessoa com quem poderia compartilhar tudo aquilo. Era só esperar...

Haveria coisa no mundo mais inspiradora do que esses pensamentos? Logo caminharíamos juntos pelas ruas molhadas, encontraríamos um lugar escuro e deserto onde sentar e olhar nos olhos um do outro. Eu tinha tantas coisas para dizer a ela, coisas que nunca dissera a ninguém, nem a mim mesmo. Pensamentos que brotavam e desapareciam com a mesma surpreendente rapidez. Eu tomaria as mãos dela nas minhas, esfregando e aquecendo a ponta fria e vermelha de seus dedos. Ficaríamos próximos.

Eram quase três e meia da tarde. Será que ela já estava acordada? Será que seria adequado eu ir direto para a frente da sua casa e esperar lá? Ela dissera que me veria da janela. Mas como faria para adivinhar que eu estava esperando na ponte? Será que viria mesmo? Afastei logo essa dúvida da cabeça. A mera suposição já era imprópria e injusta para com ela. A sensação era de ter construído uma ideia dela só para dar um chute e derrubá-la depois. Para piorar, agora eu era assediado ferozmente por todo tipo de possibilidade: talvez ela tivesse caído doente, talvez tivesse saído para tratar de algum assunto urgente. Devia ser isso. Não era natural uma felicidade tão plena chegar com tamanha facilidade. A cada minuto meu pânico aumentava, meu coração palpitava. Uma noite como aquela só acontece uma vez na vida. Não era correto esperar por outra igual. Minha cabeça já estava até tentando encontrar maneiras de buscar consolo. Talvez não tivesse sido sensato conduzir, de repente, minha vida para um caminho novo e escuro. Não seria mais confortável voltar para meu antigo silêncio, para meus dias dormentes?

Quando virei a cabeça, vi-a avançando na minha direção. Usava um casaco leve, um chapéu roxo e sapatos de salto baixo. Sorria. Ao aproximar-se de mim, estendeu a mão.

"Era aqui que você estava esperando por mim? Há quanto tempo?"

"Uma hora."

Minha voz tremia de emoção. Interpretando isso como reclamação, ela, com um tom meio de brincadeira, me repreendeu: "É culpa sua, meu senhor. Estou esperando faz uma hora e meia. Achei você por acaso agora há pouco! Parece que preferiu ficar aqui, apreciando essa vista poética, a ficar esperando em frente à minha casa!".

Então ela estava mesmo esperando por mim. O que significava que eu era importante para ela. Olhei-a como um gatinho sendo acariciado e disse: "Obrigado!".

"Por que está me agradecendo?"

Antes mesmo de eu responder, ela me deu o braço: "Vamos!".

Eu me entreguei a ela e comecei a caminhar. Andávamos a passos curtos e rápidos. Tive receio de perguntar para onde estávamos indo. Nenhum de nós falava. Apesar de estar adorando aquele silêncio maravilhoso, eu me remoía, tentando inventar algo para dizer. Só que meus pensamentos bonitos haviam me abandonado. Quanto mais eu procurava por eles, mais meu cérebro se esvaziava, até ficar reduzido a um latejante e lamentável pedaço de carne. Quando olhei para ela, a meu lado, não vi nenhum vestígio da agitação e do pânico que me consumiam. Seus olhos negros estavam fixos no chão. Em seu rosto havia uma serenidade semelhante à de uma rocha firme e hirta, acompanhada por um leve sorriso nos cantos dos lábios. Ela deixou a mão esquerda pousar no meu braço. Parecia estar apontando com a mão direita para alguma coisa distante.

Olhei novamente para o seu rosto. As sobrancelhas espessas e um pouco desordenadas estavam franzidas. Ela refletia sobre algo. Eu conseguia ver as finas veias azuis em suas pálpebras. Seus cílios pretos e grossos tremiam de leve quando gotículas de chuva brilhantes pousavam sobre eles. Seu cabelo estava ficando molhado.

De repente ela se virou e perguntou: "Por que você está olhando para mim assim?".

Eu me fiz a mesma pergunta: como podia olhar com tanta atenção para uma mulher sem me intimidar? Eu nunca tinha feito isso antes. E por que, mesmo depois de ela ter me questionado, eu ainda insistia em olhar para ela? Tive mesmo a surpreendente coragem de dizer: "Você não quer que eu a olhe?".

"Não, não é isso... eu só estava perguntando. Talvez queira, sim, e por isso perguntei."

Não aguentei a intensidade daqueles olhos negros e cheios de significado fixos em mim e indaguei: "Você é de origem alemã?".

"Sim! Por que pergunta?"

"Porque você não é loira e seus olhos não são azuis."

"Acontece."

De novo aquela expressão que lembrava um sorriso, mas dessa vez senti um pouco de hesitação.

"Meu pai era judeu", ela disse. "Minha mãe é alemã. Mas ela também não é loira."

Curioso, perguntei: "Então você é judia?".

"Sim, mas... você é inimigo dos judeus?"

"De jeito nenhum! Não temos esses sentimentos entre nós. É que eu jamais teria adivinhado que você era judia."

"Sim, sou judia. Meu pai era de Praga. Ele se converteu ao catolicismo antes de eu nascer."

"Então você pode se considerar cristã."

"Não... não tenho vínculo com nenhuma religião."

Caminhamos por um tempo. Ela parou de falar. E eu não tinha mais perguntas. Lentamente havíamos chegado aos arredores da cidade. Comecei a me perguntar aonde estávamos indo. Provavelmente, com o tempo que fazia, não estávamos indo fazer um passeio no campo. A chuva continuava como antes. A certa altura Maria perguntou: "Aonde vamos?".

"Não sei!"

"Não está curioso?"

"Eu estou com você... aonde você quiser me levar, eu vou!"

Ela se virou para olhar para mim. Seu rosto úmido e pálido parecia uma flor branca coberta de gotinhas de orvalho. "Você é tão dócil... Não tem nenhuma ideia, nenhum desejo próprios?"

Imediatamente lembrei-a das palavras da noite anterior: "Você me proibiu de fazer perguntas sobre você".

Ela não disse nada. Esperei um momento e continuei: "Ou você não estava falando sério ontem à noite? Ou mudou completamente de ideia?".

"Não, não! Eu não mudei de ideia", ela respondeu com certa veemência.

Depois mergulhou em seus pensamentos. Estávamos na frente de um jardim enorme com cerca de ferro.

"Vamos entrar aí?"

"Que lugar é esse?"

"Um jardim botânico."

"Você é quem sabe!"

"Vamos entrar! Eu sempre venho aqui. Especialmente em dias chuvosos como este."

Não havia ninguém. Perambulamos um bom tempo pelos caminhos de saibro. Embora estivéssemos no meio da estação, dos dois lados viam-se árvores cuja folhagem ainda não caíra. Passamos por lagoas rodeadas de pedras grandes repletas de musgo, ervas e flores de todos os tipos e cores. Folhas enormes flutuavam na superfície da água. Dentro de estufas altas havia plantas e árvores de tronco grosso e folhas pequenas. Todas provenientes de países de clima quente. Maria disse: "Aqui é o lugar mais bonito de Berlim. Quase não há visitantes nesta estação do ano. Fica praticamente deserto. Essas árvores estranhas sempre me lembram dos lugares distantes que tenho vontade de visitar… sinto pena delas por terem sido deslocadas de seu solo habitual e trazidas até aqui para serem cultivadas, com tanto esmero, em condições artificiais. Você sabia que Berlim tem apenas cem dias de céu aberto e sol e que os outros duzentos e sessenta e cinco são nublados? Será que estufas e iluminação artificial são suficientes para essas árvores, acostumadas a tanto calor e tanta luz? De alguma forma elas conseguem sobreviver, sem definhar. Mas será que isso é vida? Retirar um organismo vivo de seu habitat natural para que alguns entusiastas possam se satisfazer... será que essa situação horrível não poderia ser chamada de tortura?".

"Mas você é um desses entusiastas..."

"Sim, mas toda vez que venho aqui, saio me sentindo profundamente triste..."

"Então, por que vem?"

"Não sei."

Ela se sentou em um banco molhado e eu me sentei ao lado dela. Limpando as gotas de chuva do rosto, ela disse: "Quando eu olho para essas plantas, penso um pouco em mim mesma. Talvez me lembre dos meus ancestrais, que viveram nas mesmas terras que essas árvores e flores estranhas séculos atrás. Não fomos nós também desarraigados de nossas terras assim como elas e espalhados pelo mundo? Mas elas não significam a mesma coisa para você... na verdade, elas não significam muito para mim também... é que elas oferecem uma possibilidade de pensar, de imaginar... Você vai ver, eu vivo mais dentro da minha cabeça do que no mundo. Por outro lado, minha vida real não passa de um sonho enfadonho… Você pode achar meu trabalho no Atlantic deprimente, mas eu mesma não saberia dizer o que é esse trabalho… na verdade, às vezes até acho divertido. Seja como for, peguei esse emprego por causa da minha mãe. Preciso sustentá-la e isso não é possível com a venda de uns poucos quadros por ano. Você já tentou pintar?".

"Um pouco."

"Por que não continuou?"

"Percebi que não levava jeito."

"Não é possível… eu podia jurar que sim, pela maneira como olhava para os quadros da exposição… Você poderia ter dito que percebeu que lhe faltava coragem. Mas não cai bem para um homem admitir tal coisa, não é mesmo?… Estou falando isso para o seu bem. Porque eu tenho coragem. Sim! Quero pintar quadros que expressam a maneira como vejo as pessoas. Às vezes até obtenho algum êxito. Mas isso não importa… não é possível para aqueles que desprezo entenderem o que faço, e aqueles que entendem não merecem meu desprezo. Quero dizer que a pintura, como todas as artes, não possui interlocutor, sendo incapaz de expressar seu verdadeiro significado. No entanto é o trabalho mais importante que eu faço. É por isso, e somente por isso, que não quero viver da pintura. Eu não faria o que quero, mas sim o que os outros querem que eu faça… Nunca… nunca… preferiria vender meu corpo nas ruas… porque para mim ele não tem importância…"

Ela bateu forte com o punho no meu joelho. "É isso, meu caro amigo. Na verdade, não somos diferentes. Você estava lá ontem à noite quando aquele bêbado beijou minhas costas, não é mesmo? Por que não haveria de beijar? Ele tem o direito… está gastando dinheiro… e dizem que minhas costas são atraentes… Você também gostaria de beijá-las? Você tem dinheiro?"

Fiquei paralisado, sem saber o que dizer. Meus olhos piscavam freneticamente, enquanto eu mordia os lábios. Ao dar-se conta, Maria franziu o cenho. Seu rosto parecia cal, mais pálido do que nunca. "Não, Raif, isso eu não quero… tudo menos isso… se há uma coisa que eu não suporto é pena. No momento em que eu perceber que você sentiu pena, essa será a hora do adeus! Você nunca mais verá meu rosto…"

Vendo o quanto eu ficara chocado e o quanto era eu o digno de pena, ela colocou a mão no meu ombro. "Não fique assim", disse. "Não devemos nos abster de falar sobre coisas que poderiam afetar nossa amizade mais adiante. Ser covarde em momentos como este pode ser prejudicial. O que aconteceria? Se concluirmos que não nos damos bem, nos despedimos e cada um vai cuidar da sua vida. É uma tragédia tão grande assim? A essência da vida é a solidão, você não concorda? Todas as afinidades, todas as uniões são falsas. Só é possível conhecer o outro até determinado ponto, para além desse ponto é tudo invenção. Até que um dia se percebe o erro, deixa-se tudo para trás para fugir da infelicidade. Se as pessoas ficassem satisfeitas com o possível e não confundissem os sonhos com a realidade, isso não aconteceria… Se todo mundo aceitasse o que é natural, não haveria decepção e ninguém amaldiçoaria o destino. Todos nós temos o direito de sentir pena de nossa própria situação, mas devemos restringir essa pena a nós mesmos. Sentir pena de outra pessoa equivale a pensar que somos superiores. Não temos o direito de nos sentir mais fortes do que ninguém, nem mais afortunados... Vamos embora?"

Nós dois nos levantamos. Limpamos as gotas que haviam se acumulado nos nossos casacos. O saibro molhado rangia sob nossos pés.

Já estava escurecendo, mas os postes de luz da rua ainda não estavam acesos. Voltamos a passos rápidos pelo mesmo caminho pelo qual viemos. Dessa vez entrelacei meu braço ao dela. Me aproximei feito criança, com a cabeça inclinada em sua direção. Dentro de mim havia uma mescla estranha de alegria e melancolia; por mais que eu visse que os sentimentos e pensamentos dela se parecíam com os meus e que estávamos mais próximos, tinha medo de que um dia ela me deixasse ou escondesse a verdade de mim. Sabia que nunca, qualquer que fosse o preço, aceitaríamos viver uma mentira. No íntimo podia ouvir uma voz débil me avisando: depois de ver alguém como realmente é, seja quem for, e aceitar a realidade nua e crua, a intimidade não é mais viável.

Mas eu não queria ver a realidade nua e crua. Sabia que não aguentaria nenhuma realidade que me afastasse dela. Não seria mais humano e justo, depois de termos encontrado preciosidades na alma um do outro, ignorar os detalhes insignificantes, sacrificando as verdades pequenas pelas grandes?

Ali estava uma mulher de bom senso, disposta a oferecer conselhos sensatos. Ela passara por tribulações na vida, por experiências amargas e pelos efeitos desastrosos de seu entorno. Tinha razão em pensar daquela forma. Sentia um profundo incômodo em viver em meio a pessoas das quais não gostava. Uma vida de sorrisos forçados a tornara desconfiada. Quanto a mim, sempre mantive distância das pessoas. Eu não as incomodava nem elas a mim, portanto não alimentava mágoas em relação a ninguém. Apenas uma enorme solidão, que me corroía e fazia com que eu me enganasse de várias formas diante de alguém que eu percebesse estar se tornando próximo de mim.

Havíamos chegado ao centro da cidade. Encontramos ruas iluminadas e cheias de gente. Maria Puder estava pensativa e talvez um pouco triste. Preocupado, perguntei: "Alguma coisa está incomodando você?".

"Não", ela respondeu. "Não, nada. Aliás, estou contente por estarmos fazendo este passeio. Pelo menos acho que estou contente..."

Era óbvio que ela pensava em outra coisa. Tinha o olhar distante e havia algo estranho e assustador em seu sorriso. A certa altura ela parou no meio da rua e disse: "Não quero ir para casa. Venha, vamos comer alguma coisa. Podemos conversar até a hora de eu ir para o trabalho".

Fiquei empolgado com aquela oferta inesperada. Quando percebi seu estranhamento ao ver minha atitude, me recompus e olhei para o chão. Entramos num restaurante um tanto grande, na parte oeste da cidade. Não havia muitos clientes. Num canto, uma banda de mulheres vestidas com trajes típicos da Baváira tocava uma música barulhenta. Sentamos e pedimos comida e vinho.

O desânimo de Maria Puder havia passado para mim. Eu estava sentindo um tédio inexplicável e muita angústia. Ao perceber minha mudança de humor, ela tentou se livrar dos pensamentos e descontrair-se um pouco. Sorrindo, deu um tapa na minha mão estendida sobre a mesa. "Por que você ficou amuado? Um rapaz jantando com uma moça pela primeira vez deveria estar mais animado e conversar mais", ela disse, com um tom de graça, mas era óbvio que não acreditava no que estava dizendo. E em seguida voltou ao seu estado anterior. Tentando se ocupar com alguma coisa, passou a olhar ao redor, para as outras mesas. Depois de tomar alguns goles do vinho que tinha a sua frente, virou-se e olhou nos meus olhos: "O que posso fazer? Não consigo ser de outro jeito!".

O que ela estava tentando me dizer? Minha interpretação só poderia ser soturna. Seja lá o que fosse que ela não conseguia ser… era isso que me entristecia. Porém eu não sabia explicar claramente.

Onde quer que o olhar dela pousasse, era ali que queria permanecer, e só com muita dificuldade ela conseguia desviá-lo. Às vezes era visível o calafrio indefinido que perpassava seu rosto branco e sem vida feito madrepérola. Dali a pouco, voltou a falar. Em sua voz havia um estremecimento, como se ela estivesse tentando controlar seu entusiasmo: "Nunca fique magoado comigo", disse. "É melhor ser totalmente franca, muito melhor do que nos perdermos em esperanças vazias... mas não fique magoado comigo... Ontem, eu fui falar com você... quis que me acompanhasse até em casa... convidei você para passear comigo hoje... eu disse, vamos jantar juntos... fui até insistente... mas não o amo... o que posso fazer? Acho você simpático, até atraente, vejo qualidades que nunca vi em outros homens que conheci, mas é só isso... conversar com você, falar de muitos assuntos, discutir, brigar... ficar chateada para então pedir desculpas, tudo isso certamente vai me fazer feliz... mas amar? Isso eu não consigo... Agora você deve estar curioso do porquê de eu estar falando tudo isso do nada... Como eu já disse, não quero que você crie expectativas para ficar magoado mais para a frente. Quero deixar claro o que eu posso e o que eu não posso oferecer, para que depois você não diga que brinquei com seus sentimentos. Por mais diferente que você seja, ainda é um homem. E todos os homens que conheci se afastaram de mim muito tristes ou até zangados quando perceberam que eu não os amava ou que não podia amá-los... Mas por quê, ao dizer adeus, eles me culpavam? Porque não dei o que nunca prometi ou porque eles se convenceram de que seria o oposto? É injusto, não acha? Não quero que você pense desse jeito sobre mim... aliás, considere isso um ponto a seu favor..."

Fiquei perplexo. Tentando não perder a calma, indaguei: "Qual a necessidade de tudo isso? É você quem está ditando as regras da nossa amizade, não eu. Será como você desejar".

Ela protestou com veemência: "Não, não, assim não vai dar. Será que você não entende? Está agindo como todos os outros homens, como se aceitasse minhas regras só para ter minha aprovação. Não, meu amigo! Você não pode resolver essa questão com palavras tranquilizadoras. Pense um pouco. Procurei ser sincera e franca, mesmo que isso se voltasse contra mim, mesmo que isso se voltasse contra os outros. Mas não estou chegando a lugar nenhum. Os homens e as mulheres têm tanta dificuldade em entender o que um quer do outro, e nossas emoções são tão nebulosas que ninguém sabe ao certo o que está fazendo. Nos perdemos no fluxo. Eu não quero isso. Se tiver que fazer coisas que não me satisfazem e que me parecem desnecessárias, vou acabar me detestando... Mas o que eu detesto mais ainda é a mulher ter que ser passiva... Por quê? Por que é que somos sempre as que fogem e vocês os que perseguem? Por que sempre nos rendemos e vocês ficam com o espólio? Por que é que até mesmo na maneira que vocês imploram há dominação, e fraqueza no jeito que recusamos? Desde criança eu me rebelei contra isso. Nunca aceitei essa situação, nunca. Por que sou assim? Por que, ao contrário de outras mulheres que nem sequer se dão conta, isso é tão importante para mim? Já pensei muito no assunto. Muitas vezes me perguntei se eu era anormal, mas não, ao contrário, concluí que talvez eu seja normal justamente por pensar diferente das outras mulheres. Simplesmente porque cresci longe das influências que fazem muitas mulheres aceitarem seu destino. Meu pai morreu quando eu ainda era pequena. Só ficamos minha mãe e eu em casa. Ela era o modelo perfeito de mulher submissa. Havia perdido a capacidade de levar a vida sozinha, ou melhor, nunca adquirira essa capacidade. Aos sete anos de idade assumi o controle da casa. Era eu quem animava, aconselhava e sustentava minha mãe. Foi assim que cresci, sem experimentar a dominação masculina, ou seja, livre. Sempre tive repulsa pelos sonhos vazios das minhas colegas de classe. Nunca aprendi a fazer os garotos gostarem de mim. Nunca enrubesci perto dos garotos ou esperei elogios deles. Isso fez com que eu me sentisse terrivelmente isolada. As garotas tinham dificuldade em fazer amizade comigo ou em encontrar coisas em comum. Para elas era mais interessante e atraente serem joguetes, objetos de desejo, do que seres humanos. Eu também não conseguia fazer amizade com os garotos. Ao perceber que não encontravam o ponto fraco que procuravam, ao descobrir que eu estava à altura deles, eles fugiam. Foi assim que eu entendi muito bem de onde os homens tiram sua força e determinação. Não há no mundo outra criatura que corra atrás de uma vitória tão fácil assim, e nenhuma outra tão egoísta, interesseira e arrogante e, ao mesmo tempo, tão covarde e autoindulgente. Quando me dei conta disso, tornou-se impossível para mim amar de verdade os homens. Até mesmo aqueles de quem eu mais gostava ou com quem tinha muita coisa em comum, diante da menor provocação me mostravam os dentes de lobo. Depois de estarmos juntos, dando e recebendo uma quantidade igual de prazer, eles se aproximavam de mim e, com um olhar imbecil, se desculpavam ou se ofereciam para me proteger, deixando claro que, a seus olhos, haviam me subjugado. Mas com isso eram eles que demonstravam a que ponto eram infelizes e dignos de pena. Nenhuma mulher é tão frágil e ridícula quanto um homem apaixonado. Apesar disso, eles têm um orgulho absurdo de sua paixão, achando que é prova de sua virilidade. Meu Deus, que loucura... Embora eu saiba que não possuo nenhuma tendência ao antinatural, preferiria me apaixonar por uma mulher".

Ela parou de falar e analisou minha expressão. Tomou um gole de vinho. Parece que seu monólogo a livrara do tédio.

"Por que você parece tão surpreso? Não se preocupe, não é o que você pensa", ela continuou: "Embora eu quisesse que fosse assim. Certamente poderia ter feito algo menos humilhante... Mas é que sou uma artista, como você sabe... tenho meus padrões de beleza. Não acho que seria bonito fazer amor com uma mulher... Como posso explicar... A estética estaria toda errada... e depois eu sou uma amante do mundo natural... sempre reluto em agir contra o que é natural... É por isso que acredito que definitivamente tenho que amar um homem... mas um homem mesmo... um homem que me vire do avesso sem o uso da força... que não peça nada de mim, não me controle, não me humilhe, que possa me amar e andar ao meu lado... em outras palavras, um homem de verdade, um homem forte. Agora você entende por que não posso amar você? De todo jeito, não houve tempo suficiente para isso, mas você não é a pessoa que procuro... na verdade, você não tem a altivez que mencionei agora há pouco... você é como uma criança, ou melhor, como uma mulher. Assim como minha mãe, precisa de alguém que cuide de você. Eu posso ser essa pessoa... se você quiser... mas nada mais do que isso... podemos ser excelentes amigos... Você é o primeiro homem que não interrompe minha fala, que não quer me convencer a abrir mão das minhas ideias nem tenta me trazer de volta. Posso ver em seus olhos que você me entende. Como eu disse, podemos ser excelentes amigos. Da mesma forma que estou falando tão abertamente, você também pode se abrir comigo. Por acaso isso é pouco? Será que vale a pena perder o que se tem, só por querer mais? É a última coisa que eu desejaria. Eu lhe disse ontem à noite que posso ter variações de humor... o que não deveria levar você a tirar conclusões erradas. Nos pontos principais eu nunca mudo... Então o que me diz? Quer ser meu amigo?".

Depois de ouvir tudo isso, eu estava tonto... Temi dar um veredicto final sobre o assunto e senti que qualquer coisa que eu dissesse seria inadequada. Eu só tinha um desejo: estar perto dela, nunca me afastar, pagar o preço que fosse. Nada mais importava. Não estava acostumado a pedir mais do que uma pessoa estava disposta a dar. Apesar disso, sentia uma angústia estranha. Olhando fixamente para aqueles olhos negros que esperavam uma resposta, eu disse, medindo as palavras: "Maria, eu compreendo você perfeitamente. Posso entender por que se viu obrigada a dar tais explicações no passado e fico contente em saber que você está fazendo isso para não pôr nossa amizade em risco mais adiante. Significa que nossa amizade é preciosa para você…".

Ela sacudiu a cabeça rapidamente em sinal de concordância. Eu continuei: "Talvez não houvesse nenhuma necessidade de você ter dito isso para mim. Mas como você poderia saber, não é mesmo? Nos conhecemos há pouco tempo. É melhor ter cautela. Não tenho tanta experiência de vida quanto você. Conheci poucas pessoas e sempre vivi sozinho. Agora vejo que, apesar de termos trilhado estradas diferentes, chegamos à mesma conclusão: nós dois estamos em busca de alguém, alguém para chamar de seu. Seria maravilhoso se pudéssemos encontrar isso um no outro. E é o mais importante, todo o resto fica em segundo plano. Quanto ao que você disse sobre o relacionamento homem-mulher… pode ter certeza de que não sou mesmo esse tipo de pessoa que você teme. Na verdade, nunca tive aventuras e nunca pensei em amar alguém se eu não sentisse nessa pessoa o mesmo respeito e força que tenho. Você falou agora há pouco em humilhação. Na minha opinião, o homem que permite que isso aconteça nega sua própria pessoa e degrada a si mesmo. Eu também amo tudo o que é natural. Posso até afirmar que quanto mais me afasto do ser humano, mais me sinto próximo da natureza. Meu país é um dos lugares mais bonitos do mundo. Quando estudamos sua história, vemos as muitas civilizações que surgiram e declinaram naquelas terras. Quando eu me estendia sob as oliveiras com dez ou quinze mil anos de idade, costumava pensar nas pessoas que colheram os frutos daquelas árvores ao longo dos anos. Nas montanhas repletas de pinheiros, lugares que parecem não ter sido tocados por pés humanos, eu encontrava pontes de mármore e colunas esculpidas. Eram esses os meus amigos de infância e o alimento da minha imaginação. Estimo a natureza, bem como a lógica daqueles tempos, acima de qualquer coisa. Então vamos esquecer tudo isso e permitir que nossa amizade flua naturalmente. Vamos tentar não guiá-la por um caminho errado ou engessá-la com decisões precipitadas!".

Maria bateu com o dedo indicador na minha mão estendida sobre a mesa. "Você não é tão criança quanto eu imaginava", disse. Depois, me analisou com olhos indecisos e apreensivos. Seu lábio inferior estava mais protuberante do que de costume, o que a deixava com o semblante de uma menina prestes a chorar. Já seus olhos estavam pensativos e sondadores. Fiquei admirado ao ver como sua expressão podia mudar radicalmente num curto espaço de tempo.

"Você pode me ensinar muitas coisas sobre sua vida, seu país e suas oliveiras", ela começou a falar. "E eu posso lhe contar algumas coisas da minha infância e do que me lembro do meu pai. Provavelmente não teremos dificuldade em encontrar assuntos para conversar. Mas há muito barulho aqui. Deve ser porque o salão está vazio... e aqueles pobres músicos certamente querem impressionar o patrão com o som que estão produzindo. Ah, se você soubesse como são os patrões em lugares como este..."

"São muito grosseiros?"

"E como! É possível conhecer bem os homens em lugares assim... Nosso patrão no Atlantic, por exemplo, é um homem muito gentil. Não só com os clientes, mas também com as mulheres com quem não está fazendo negócios... Com certeza, se eu não trabalhasse em seu cabaré ele me cortejaria feito um barão, com sua fina gentileza, e eu ficaria apaixonada por sua delicadeza. Porém, quando há dinheiro envolvido, ele se torna outra pessoa. Acho que ele chama isso de "ética do trabalho". Melhor seria chamar de "ética do lucro". Porque conosco sua grosseria beira a insolência, ou mesmo a crueldade. Essa atitude provém mais do medo de ser enganado que do desejo de preservar a seriedade do estabelecimento. Provavelmente é um bom pai e um cidadão honesto, no entanto, se você pudesse ver como ele tenta vender não apenas nossa voz, nosso sorriso e nosso corpo, mas também nossa humanidade, ficaria arrepiado..."

Ela me fez lembrar de uma coisa, por isso interrompi sua fala para perguntar: "Qual era a profissão do seu pai?".

"Não contei? Ele era advogado. Por que você quer saber? Ficou curioso de como fui cair nessa vida?"

Não falei nada.

"Percebe-se que você ainda não conhece bem a Alemanha. Não há nada de extraordinário na minha situação. Consegui estudar com o dinheiro que meu pai deixou. Nossa situação financeira não era ruim. Trabalhei como enfermeira durante a guerra. Depois, continuei a faculdade. Porém, as poucas reservas que tínhamos se esvaíram com a inflação. Eu precisava ganhar dinheiro. Não estou reclamando. Trabalhar não é ruim. Desde que não seja humilhante, prejudicial e degradante para a alma. O que me aborrece foi não ter tido escolha e acabar trabalhando com bêbados e pessoas famintas por carne. Às vezes me lançam cada olhar... eu não chamaria apenas de animalesco... se fosse só isso, seria até natural... mas é algo mais vil... uma bestialidade mesclada com hipocrisia, engano e crueldade..."

Ela olhou ao redor. A orquestra tocava mais alto do que antes. Uma mulher gorda vestindo trajes bávaros tradicionais e com um cabelo que parecia de palha de milho cantava, a plenos pulmões, uma alegre canção das montanhas, rodopiando sem parar.

"Vamos a um lugar mais tranquilo, mais silencioso... ainda é cedo", Maria sugeriu. Depois, olhando atentamente para o meu rosto, disse: "Ou já está cansado de mim? Arrastei você para lá e para cá desde a manhã e não parei de falar um minuto. Não é bom para uma mulher ser tão amigável assim. Estou falando sério, se está cansado, deixo você ir embora".

Segurei as mãos dela. Fiquei um bom tempo sem dizer nada.

Eu não estava olhando para o rosto dela. Mesmo assim tive certeza, a certa altura, de que ela entendia como eu me sentia, e falei: "Estou tão agradecido a você".

"Eu sinto a mesma coisa", ela replicou e retirou as mãos.

Quando saímos para a rua, ela disse: "Vamos até um café que fica aqui perto. É um lugar muito agradável. Cheio de gente interessante".

"É o Romanisches Café?"

"Sim, você conhece? Já foi lá?"

"Não, só ouvi falar."

Ela sorriu. "De amigos que ficam sem dinheiro no fim do mês?" Eu também sorri e olhei para baixo.

O café era frequentado por artistas, mas depois das onze ficava cheio de mulheres mais velhas endinheiradas em busca de rapazes. Fui informado de que, naquele horário, vários gigolôs apareciam por lá atrás do dinheiro dessas senhoras.

Ainda era cedo, por isso só havia artistas jovens no local. Estavam sentados em grupos separados, discutindo de forma acalorada e ruidosa. Subimos ao segundo andar por uma escada entre duas colunas. Somente lá, e com dificuldade, achamos uma mesa desocupada.

Ao nosso redor havia jovens pintores de cabelos longos, cachimbo e chapéu preto de aba larga, imitando os franceses; e havia também escritores que folheavam suas páginas com dedos de unhas longas.

Um rapaz alto e loiro, com costeletas que chegavam até os lábios, acenava de longe. Por fim se aproximou de nossa mesa gritando: "Saudações para a Madona com casaco de pele!". Tomou então o rosto de Maria nas mãos e a beijou na testa e depois nas bochechas.

Enquanto eles conversavam, fixei os olhos no chão e esperei. Deu para entender que os dois tinham quadros na mesma exposição. Por fim, o jovem cumprimentou Maria apertando sua mão com vigor e, virando-se para mim, disse, com o que parecia ser um estilo de despedida típico deles: "*Adieu*, meu jovem", e se foi.

Eu ainda estava com os olhos baixos quando ela perguntou: "No que está pensando?".

"Você percebeu que acabou de falar comigo de uma maneira mais informal?"

"Sim... você não quer?"

"Como assim? É claro que eu quero! Obrigado."

"Ai! Você está sempre me agradecendo por tudo."

"Nós do Oriente somos educados assim... Sabe no que eu estava pensando? Aquele homem beijou você e eu nem fiquei com ciúmes."

"Verdade?"

"E estou curioso em saber por que não fiquei com ciúmes."

Olhamo-nos por um bom tempo. Buscamos o olhar um do outro, mas dessa vez com confiança.

"Conte-me um pouco de você", ela disse.

Consenti com um aceno. Durante o dia planejei dizer tantas coisas a ela. Agora não conseguia me lembrar de nada. Minha mente borbulhava com novos pensamentos. Por fim, decidi falar e comecei sem nenhum planejamento. Falei da minha infância, do período que passei no Exército, dos livros que li, dos sonhos que nutri, de Fahriye, nossa vizinha, e dos bandidos que havia conhecido. Dividi com ela coisas que até aquele momento não havia comentado com ninguém, ou mesmo admitido para mim mesmo. Como era a primeira vez que falava de mim, queria desnudar minha alma, não ocultar absolutamente nada. Mas me esforcei tanto para não mentir, não distorcer fatos, não mudar nenhum detalhe que, nesse afã, acabei expondo meus defeitos.

Minhas lembranças e minhas emoções, suprimidas por tanto tempo, foram aflorando aos poucos, aumentando e fluindo para o exterior como uma maré. Percebendo que ela me ouvia com atenção, que seus olhos analisavam meu rosto para tentar entender o que eu não conseguia expressar em palavras, eu me abria ainda mais. Algumas vezes, ela concordava com um aceno de cabeça; outras, abria levemente a boca em sinal de surpresa. Quando eu ficava muito animado, ela acariciava minha mão. Quando minha voz adquiria um tom de queixa, sorria para mim com ternura.

A certa altura, como se incitado por uma força desconhecida, interrompi minha fala. Olhei a hora. Eram quase onze da noite. Não havia mais ninguém nas mesas ao redor. Dei um salto. "Você vai se atrasar para o trabalho", exclamei assustado.

Ela se endireitou para sair. Apertou minhas mãos com mais força do que antes e, sem pressa, se levantou. "Você tem razão", disse. Arrumou o chapéu na cabeça e acrescentou: "Que conversa boa tivemos!".

Fui com ela até o Atlantic. Quase não conversamos ao longo do caminho. Ambos estávamos distraídos, satisfeitos, internalizando os sentimentos da noite. Quando estávamos chegando ao fim do percurso, senti um arrepio perpassar meu corpo.

"Por minha causa você não pôde ir para casa pegar seu casaco de pele, você vai se resfriar!"

"Por sua causa? É verdade... por sua causa... mas a culpa é minha... mas não tem importância... vamos andar mais rápido!"

"Devo esperar por você de novo e a acompanhar até em casa?"

"Não, não... não precisa... Nos vemos amanhã!"

"Como quiser."

Talvez ela estivesse se encostando em mim para não sentir frio. Parou diante da porta iluminada por lâmpadas e me estendeu a mão. Parecia que estava pensando em algo extraordinariamente sério. Então me puxou para junto do muro. Embora tivesse aproximado o rosto do meu, seu olhar estava na calçada. Disse num sussurro apressado: "Então quer dizer que você não ficou com ciúmes, hein? Você gosta tanto assim de mim?".

De repente ergueu o olhar e me fitou com curiosidade. Senti um aperto no peito e a garganta seca por não encontrar palavras com as quais expressar o que sentia. Receava que cada palavra que enunciasse, até mesmo cada som que emitisse, turvasse meus sentimentos e arruinasse minha felicidade. Ela ainda olhava para mim, mas agora com certo medo. Notei que meus olhos lacrimejavam de desespero. Foi então que o rosto dela relaxou um pouco. Ela fechou os olhos por um instante como para ouvir com mais atenção. Depois, tomando minha cabeça entre as mãos, beijou-me nos lábios pela primeira vez. Virando-se, não disse absolutamente nada, foi andando lentamente e entrou no bar.

Voltei apressado para a pensão. Não queria pensar, não queria relembrar coisa alguma. Os incidentes da noite haviam sido tão valiosos que eu não queria nem sequer tocá--los com minhas lembranças. Da mesma forma como, alguns momentos antes, eu não conseguira dizer uma única palavra por medo de arruinar aquele instante de sublime felicidade, agora estava receoso de que minha imaginação prejudicasse a harmonia inigualável das horas maravilhosas que acabava de viver.

Curiosamente, a escadaria da pensão estava mais bonita e o cheiro do corredor bastante agradável.

Passei a me encontrar com Maria Puder e a passear com ela todos os dias. Desde aquela primeira noite, nunca deixamos de ter o que dizer um para o outro. Se falávamos das pessoas e das cenas com que nos deparávamos no caminho, era porque isso nos oferecia uma oportunidade de dizer o que pensávamos e determinar o quanto estávamos íntimos. Tal intimidade provinha de um modo de pensar parecido. Na verdade, surgia de aceitarmos um lado da ideia ao mesmo tempo que nos preparávamos para pagar o preço exigido pelo outro. Acaso não é um sinal de intimidade de almas ver o que há de certo na opinião do outro e encontrar meios para adotá-la?

Visitávamos museus e galerias. Ela me explicava sobre os mestres antigos e a arte contemporânea, discutíamos o valor deles. Fomos ao jardim botânico várias vezes e duas noites à ópera. No entanto, sair do espetáculo às dez e meia e ir direto para o trabalho ficou difícil para ela. Por isso, acabamos desistindo de frequentar óperas. Até que um dia ela me disse: "Não é só por causa da hora, tem uma outra razão pela qual não quero ir à ópera. Cantar no Atlantic depois de sair de um lugar daqueles parece a coisa mais ridícula e vulgar".

Passei a ir à fábrica apenas pela manhã. Quase não via as pessoas da pensão. Ocasionalmente Frau Heppner me chamava de lado e comentava: "Parece que alguém roubou seu coração!". Eu sorria e não dizia nada. Não queria que Frau van Tiedemann descobrisse alguma coisa. Talvez Maria não achasse nada de errado nisso, mas eu, sendo da Turquia, sentia necessidade de discrição.

Na verdade, não tínhamos nada a esconder de ninguém. Desde aquela noite, nossa amizade permaneceu nos limites acordados e nenhum de nós mencionou o episódio em frente ao Atlantic. No início, o que nos aproximou foi a curiosidade. A curiosidade nos incitou a descobrir sobre o outro e a conversar cada vez mais. Com o tempo, a curiosidade deu lugar ao hábito. Se por alguma razão passássemos alguns dias sem poder nos encontrar, sentíamos falta um do outro. Quando nos encontrávamos, andávamos pelas ruas de mãos dadas, felizes como crianças que se reúnem depois de uma longa separação. Eu a amava tanto. Sentia tanto afeto dentro de mim… afeto suficiente para amar o mundo, e estava feliz por finalmente transmitir isso que sinto a alguém. Era evidente que ela gostava de mim e que queria minha companhia, porém nunca permitia que nossa amizade passasse para outro plano. Um dia, quando estávamos passeando pelo bosque Grünewald, nos arredores de Berlim, ela apoiou o braço em meu ombro e andou assim, encostada em mim, com a mão balançando de leve. Parecia que estava desenhando círculos no ar com o dedo. Num inexplicável rompante, peguei a mão dela e beijei sua palma. Imediatamente ela puxou o braço de forma suave, mas firme. Não dissemos nada a respeito e continuamos a caminhar. Mas a mensagem que ela passou, de que eu não me deixasse levar por meus sentimentos daquela forma, foi clara e contundente. Às vezes falávamos de amor. Era desconcertante e me angustiava ouvir Maria analisar o tema de forma tão indiferente e distante. Sim, concordei com todas as suas condições, aceitei-as completamente. Mesmo assim, porém, de vez em quando eu tentava, de algum jeito, trazer mais uma vez à tona o assunto, com o objetivo de analisar nossa amizade. Na minha opinião, o amor não era um conceito abstrato. Há vários tipos de amor, assim como há várias maneiras por intermédio das quais as pessoas demonstram afeto umas pelas outras. A nomenclatura e a forma é que mudavam, de acordo com as circunstâncias. Negar-se a dar o nome verdadeiro ao amor entre um homem e uma mulher não passava de autoengano.

Enquanto Maria, balançando o dedo indicador e sorrindo, dizia: "Não, meu amigo, não! O amor não tem nada a ver com esse simples gostar que você descreve, nem com uma paixão que vai e vem. É algo totalmente diferente, que não pode ser analisado. Nunca saberemos de onde vem nem para onde vai no dia em que desaparece. Ao passo que a amizade é constante e se baseia na compreensão. Podemos ver como ela começou e, caso se desintegre, é possível analisar as causas. Mas o amor não permite análise. Pense. Há várias pessoas de quem gostamos neste mundo. Eu, por exemplo, tenho inúmeros amigos de quem gosto. (Posso afirmar que o estimado cavalheiro é o primeiro da lista.) Por acaso estou apaixonada por todos eles?".

Insisti na minha ideia: "Sim", respondi, "você está um pouco apaixonada por todas essas pessoas de quem gosta".

Maria devolveu com uma pergunta que eu não esperava. "Então, por que você disse que não estava com ciúmes de mim?"

Não sabendo o que responder, pensei um momento. Em seguida tentei me explicar: "Se uma pessoa tem, de fato, a habilidade de amar alguém, ela nunca pode monopolizar a pessoa amada. Nem a pessoa amada pode monopolizar a outra. Quanto mais distribuir seu amor, mais intensamente amará a pessoa que lhe é especial. Quando o amor se espalha, ele não diminui".

"Achei que os europeus do leste pensassem de maneira diferente!"

"Bom, eu penso assim!"

Depois de manter os olhos fixos num ponto por algum tempo, Maria disse: "O amor, para mim, é algo totalmente diferente. Está além da lógica, é algo impossível de definir e possui uma essência desconhecida. Uma coisa é gostar de alguém; outra, totalmente diferente, é ser consumido, com todo o corpo e toda a alma, pelo desejo. Para mim, o amor é isso: um desejo que a tudo consome, um desejo impossível de contrariar!".

Como se eu tivesse encontrado seu ponto fraco, falei com uma voz confiante: "Isso de que você está falando é questão de momento. O momento em que o amor que já está dentro de você brota, por meios indefinidos, e se concentra num único ponto. Assim como um doce e quente raio de sol pode, ao passar por uma lente, pegar fogo, o amor também pode. É errado pensar que o amor é algo que avança de fora, de repente. É por emergir dos sentimentos que carregamos dentro de nós que ele nos ataca com tamanha violência quando menos esperamos".

Essa discussão parou aqui, mas voltamos a ela em outra ocasião. Concluí que nem eu nem ela estávamos cem por cento com a razão. Por mais que estivéssemos tentando ser francos um com o outro, estava claro que éramos conduzidos por uma série de pensamentos e desejos que não chegávamos a entender. Embora concordássemos quanto à maior parte das coisas, havia pontos a respeito dos quais discordávamos e sobre os quais podíamos concordar em discordar, em prol de um bem maior. Não tínhamos receio de revelar os rincões mais ocultos de nossa alma e depois enfrentar uma discussão. Mesmo assim, havia pontos em que não tocávamos porque nem nós mesmos sabíamos exatamente o que eram — porém eu tinha a impressão de que eles eram importantes.

Por nunca ter vivenciado tamanha intimidade com alguém antes, eu queria protegê-la a todo custo. O que mais desejava era, talvez, possuí-la total e absolutamente, corpo e alma, mas sentia tanto medo de perder o que tinha conquistado que não ousava realizar meu desejo. Era como se estivesse observando um pássaro maravilhoso e ficasse completamente paralisado de medo de que, ao menor movimento, ele voasse para longe.

Mas um pensamento ruim me assombrava. Eu temia que, no fim das contas, aquela imobilidade fosse mais prejudicial do que uma hesitação medrosa e viesse a obstruir a relação que já tínhamos, tornando-a fria e dura como uma pedra. A cada passo não andado ficávamos um passo mais distantes um do outro. Embora essas preocupações ardessem silenciosamente dentro de mim, elas me atormentavam cada dia mais. Para que não fosse assim, porém, eu teria que ser outra pessoa. Sabia que estava andando em círculos, mas não tinha ideia de como chegar ao âmago da questão, já que não sabia o que ele era ou onde estava. Eu já não era mais tímido nem entediado. Não era mais aquela pessoa fechada. Estava disposto, talvez com algum excesso, a dar vazão ao meu eu genuíno para que todos vissem, mas sempre com a condição de deixar o âmago da questão intocado.

Não sei até que ponto eu fora capaz de pensar sobre tudo isso com alguma clareza e profundidade na época. Somente agora, passados doze anos, é que consigo olhar para aquele momento, ver como eu era e chegar a essas conclusões. O tempo também me permitiu refletir uma vez mais sobre Maria.

Compreendi que ela era prisioneira de vários sentimentos contraditórios. Às vezes estava apática, até fria. Outras, borbulhava de entusiasmo, mostrando um interesse tão intenso que chegava a me sufocar ou mesmo a me provocar. Depois aquilo passava, e voltávamos a ser os amigos de sempre. Como eu, ela percebera que nossa amizade havia chegado a um impasse e que poderíamos ficar estagnados naquele ponto indefinidamente. Embora ela não tivesse encontrado em mim o que desejava, eu tinha certas qualidades que ela considerava valiosas o bastante para abster-se de fazer alguma coisa que me afastasse dela.

Mantínhamos todos esses sentimentos contraditórios guardados nos lugares mais ocultos de nossa alma, temendo que um dia eles viessem à tona. Assim, voltamos a ser dois amigos queridos que, como antigamente, se procuravam, sempre buscando formas de agradar um ao outro e cada vez mais satisfeitos e espiritualmente enriquecidos.

De repente tudo mudou, fazendo-nos tomar um rumo totalmente diferente do esperado. Estávamos no fim de dezembro. A mãe de Maria viajara para os arredores de Praga para visitar parentes distantes no Natal. Maria estava contente.

"Uma das coisas que mais me deixam nervosa são aqueles pinheiros enfeitados de velas e estrelas", disse. "Não falo isso por ser judia. Considerando que acho esses rituais sem sentido completamente ridículos e as pessoas que se alegram com eles ainda mais ridículas, não preciso nem dizer que o judaísmo, com seus rituais estranhos e desnecessários, não me agrada nem um pouco. De todo modo, minha mãe, uma mulher de puro sangue alemão, é protestante. Ela só é apegada a esses rituais porque está velha e para ter algo o que fazer. Se hoje me chama de ateia não é por dar importância aos ritos religiosos, mas por medo de que eu arruíne seus últimos dias de paz de espírito."

"Você não considera o Ano-novo uma ocasião especial?", perguntei.

"Não", ela respondeu. "Que diferença tem esse dia dos outros dias do ano? A natureza o distinguiu por alguma razão específica? É tão importante assim, salientar a passagem de um ano? Isso é uma invenção humana. O homem percorre apenas um caminho na vida, do nascimento até a morte, e toda divisão desse caminho é puramente artificial. Mas, por ora, abandonemos a filosofia e passemos a noite de réveillon juntos em algum lugar, se é isso que você quer. Meu trabalho no Atlantic termina antes da meia-noite, porque nessa data eles preparam atrações especiais. Podemos sair juntos e ficar bêbados como todo mundo... de vez em quando é bom se soltar um pouco e se perder na multidão... O que acha? Nunca dançamos juntos, não é mesmo?"

"Não, nunca."

"Na verdade, não gosto muito de dançar, mas às vezes a pessoa com quem eu danço gosta, então dou um jeito de aguentar."

"Não sei se vou gostar!"

"Nem eu... mas tudo bem, ser amigo é também fazer sacrifícios!"

No réveillon, jantamos juntos. Ficamos sentados conversando no restaurante até a hora de ela ir para o trabalho. Quando chegamos ao Atlantic, ela foi se trocar no camarim, e eu fui para o salão e me sentei na mesma mesa da primeira vez que tinha ido lá. O lugar estava decorado com fitas de celofane, luminárias coloridas e fios dourados. A maioria dos clientes parecia já estar embriagada. Tinha gente dançando na pista, se apalpando, se beijando e lançando sorrisinhos impudentes. Senti uma estranha angústia e pensei: "Para que tudo isso? De fato, o que há de verdadeiramente extraordinário no Ano-novo? Inventamos aquilo em que queremos acreditar. Seria bem melhor se todo mundo fosse para casa dormir. O que devemos fazer? Nos abraçar e ir para casa como todo mundo? Com uma diferença: não vamos nos beijar... Será que vou saber dançar?".

Durante os meses que frequentei a Academia de Belas Artes de Istambul, alguns dos meus amigos tiveram aulas com bielorrussos que lotaram a cidade naquele verão. Aprendi algumas danças com eles. Sabia até dançar valsa... mas será que dançaria bem, passado mais ou menos um ano e meio? "Seu tolo", pensei, "você não vai conseguir dançar uma música inteira!"

A música que Maria cantou e tocou no violino acabou mais cedo do que eu esperava e, em seguida, houve uma grande balbúrdia. Cada cliente tinha uma ideia diferente do que queria ver depois. Assim que Maria se trocou, saímos e fomos para um lugar espaçoso chamado Europa, em frente à estação ferroviária de Anhalter. Era um local completamente diferente do pequeno e intimista Atlantic. Até onde a vista alcançava, havia centenas de casais rodopiando em uma pista de dança gigantesca. As mesas estavam repletas de garrafas de todas as cores. Algumas pessoas já estavam dormindo, o corpo caído para a frente, ou deitadas no colo de alguém.

Maria parecia estranhamente agitada. Deu um murro no meu braço e disse: "Se eu soubesse que você ia ficar aqui sentado amuado, teria convidado outro rapaz para me acompanhar!".

Fiquei assustado com a velocidade com que ela bebia o delicioso vinho seco do Reno que continuamente traziam para nossa mesa. Ela insistiu que eu fizesse o mesmo.

Depois da meia-noite, o lugar ficou realmente selvagem. Ouviam-se gritos e risadas enquanto a banda tocava uma valsa antiga atrás da outra e os casais giravam pela pista. Ali era possível ver, em toda a sua realidade nua, o júbilo frenético de um país que não estava mais em guerra. E como me entristecia ver aquelas pessoas magras, com os ossos do rosto protuberantes e os olhos brilhantes, que pareciam estar possuídas por uma doença terrível. Aqueles rapazes que se entregavam a uma alegria desmesurada. Aquelas meninas, tão convencidas de que estavam se rebelando contra as regras injustas e ilógicas da sociedade, entregando-se sem restrições aos desejos sexuais.

Maria pôs outro copo na minha mão e sussurrou: "Raif, Raif. Assim não vai dar. Você está vendo o esforço que estou fazendo para não cair no desespero e na melancolia. Solte-se, deixemos de ser nós mesmos nem que seja por esta noite. Faça de conta que nós não somos nós. Somos outras duas pessoas no meio dessa multidão. Dê uma olhada ao redor. Essa gente é o que realmente parece ser? Vou lhe dizer o que não vou suportar: sermos os estranhos que ficam de fora. Não quero ser nem a mais inteligente nem a mais sentimental das pessoas. É hora de beber e de se alegrar!".

Ela já estava ficando embriagada. Até aquele momento, estivera sentada à minha frente, mas se levantou e sentou-se ao meu lado, apoiando o braço no meu ombro. Meu coração disparou como o de um passarinho preso numa arapuca. Ela me achou triste. Mas estava errada. Naquele momento eu levava minha felicidade muito a sério; digamos que estava feliz demais para sorrir.

Começaram a tocar outra valsa. Sussurrei baixinho no ouvido dela: "Vamos dançar, então. Mas não sou muito bom…".

Fingindo não ter ouvido a segunda parte da minha sentença, ela deu um salto e disse: "Vamos!".

Nos enfiamos no meio da multidão. Aquilo não se parecia em nada com uma dança. O máximo que conseguíamos fazer era deixar nosso corpo, esmagado pelos quatros lados, acompanhar o balanço. Porém nenhum de nós se queixou da situação. Maria tinha o olhar fixo em mim. De vez em quando havia um brilho incompreensível em seus olhos negros e distantes que me deixava perplexo. Do seu corpo emanava um perfume leve e maravilhosamente inebriante. Não pude deixar de acreditar que estar tão perto assim tinha algum significado para ela.

"Maria", sussurrei, "como uma pessoa pode fazer outra pessoa tão feliz? Que extraordinários poderes latentes o ser humano traz dentro de si!".

Mais uma vez vi aquele lampejo em seu olhar. Porém, depois de um bom tempo me olhando fixamente, ela mordeu o lábio. Seu olhar ficou vazio e anuviado: "Vamos sentar", ela disse. "Quanta gente! Estou começando a me aborrecer."

De volta à mesa, ela bebeu uma taça de vinho após a outra. Depois se levantou, disse que já voltava e saiu cambaleando.

Esperei um bom tempo por ela. Apesar de toda a sua insistência, me segurei para não beber demais. Mais do que bêbado, eu estava atordoado. Minha cabeça doía. Pouco mais de quinze minutos se passaram e ela não voltou. Comecei a ficar preocupado. Levantei-me e fui até os toaletes, imaginando que ela tivesse caído em algum canto. Vi algumas mulheres abotoando partes do vestido que haviam se soltado e outras renovando a maquiagem diante do espelho. Não vi Maria em lugar nenhum. Olhei para todas as mulheres aconchegadas dormindo nos sofás e nos cantos do salão. Não encontrei. Fui então tomado por um grande desespero. Percorri aos tropeços recinto a recinto, trombando com mesas, forçando passagem na multidão. Desci a escada para o andar térreo saltando vários degraus por vez. Olhei ao redor e nada.

Até que a avistei pelo vidro embaçado da porta giratória da entrada. Lá estava ela, feito uma coluna branca. Corri em direção à porta, saí e dei um grito. Lá estava Maria Puder, rosto entre as mãos, apoiada numa árvore que ficava bem em frente à porta. Vestia apenas um vestido fino de lã. Grandes flocos de neve caíam sobre seu cabelo e sua nuca. Ao ouvir minha voz, virou-se e perguntou: "Onde você estava?".

"Não, onde *você* estava! O que está fazendo? Ficou louca?", gritei.

Levando o dedo aos lábios, ela disse: "Quieto... vim aqui tomar ar fresco e espairecer. Vamos".

Sem demora empurrei-a para dentro e sentei-a numa cadeira. Subi para pagar a conta e recolher meu casaco e o casaco de pele dela na chapelaria. Em seguida, partimos, os pés afundando na neve.

Agarrando meu braço com firmeza, ela tentava equilibrar o passo. Havia vários casais bêbados nas calçadas. Nas avenidas havia grupinhos de gente. Mulheres com pouca roupa, dando risada e cantando como se tivessem decidido dar um passeio primaveril às duas ou três da madrugada.

Maria me puxava cada vez com mais força e mais depressa em meio àquela multidão alegre e embriagada. Para os que a paqueravam ou queriam agarrá-la, ela dirigia um sorriso amarelo, ao mesmo tempo em que lutava habilmente para se livrar da multidão, arrastando-me com ela. Percebi então que estava enganado ao julgar que ela estava bêbada demais para ficar em pé.

Pouco depois, chegamos a ruas mais tranquilas e desaceleramos. Ela estava ofegante. Respirou fundo, virou-se para mim e disse: "E então? Está feliz com a noite que tivemos? Você se divertiu? Ah, eu me diverti tanto! Tanto, tanto...".

Seu sorriso deu lugar a uma risada que, por sua vez, se transformou num ataque de tosse. Seu peito tremia como se ela estivesse engasgando, mas ela não largava meu braço. Quando se recuperou, perguntei: "O que houve? Viu? Não falei? Você se resfriou!".

Ela respondeu com um sorriso: "Mas eu me diverti tanto...".

Temi que ela começasse a chorar. Queria levá-la para casa e deitá-la na cama o mais depressa possível.

Quando nos aproximamos do prédio onde ela morava, começou a cambalear. Parecia ter perdido as forças e, com elas, a determinação. Mas o ar frio me reanimou. Segurei-a pela cintura, tentando não pisar em seus pés. Ao atravessar uma rua, quase caímos de cara na neve. Ela começou a murmurar com voz quase inaudível algumas palavras sem nexo. Primeiro achei que cantava uma música bem baixinho, mas quando percebi que estava falando comigo, aproximei o ouvido: "Sim... é assim que eu sou", ela disse. "Raif, ah, querido Raif... é assim que eu sou... eu não lhe disse? Um dia sou assim, no outro, assado... mas não precisa ficar triste. Você é um bom rapaz, não tenho dúvida disso...".

De repente, ela começou a ter soluços, mas logo sussurrou de novo: "Não, não, não precisa ficar triste...".

Meia hora depois, estávamos diante da porta de sua casa. Ela se encostou na parede da escadaria e esperou.

"Onde está a sua chave?", perguntei.

"Não fique zangado comigo, Raif… não fique! Está no meu bolso."

Enfiou a mão no bolso do casaco e tirou um chaveiro com três chaves.

Abri a porta. Quando voltei para ajudá-la a subir a escada, ela desviou e subiu correndo.

"Cuidado para não cair!", gritei.

Ela respondeu, ofegante: "Consigo subir sozinha".

Como eu estava com as chaves, fui atrás dela. Alguns andares acima, ela me disse alguma coisa em meio à escuridão: "Estou aqui… abra esta porta".

Tateando, abri a porta. Entramos juntos. Ela acendeu a luz. Os móveis eram antigos, mas bem conservados. Chamou minha atenção uma linda cama de carvalho.

Eu estava em pé, imóvel, no meio do quarto. Ela tirou o casaco de pele e o jogou para um lado. Apontou para uma cadeira e disse: "Sente-se".

Ela se sentou na beira da cama e tirou depressa as meias e os sapatos. Depois, num instante, arrancou o vestido pela cabeça, jogou-o na cadeira e se enfiou embaixo das cobertas.

Levantei-me e, sem dizer nada, estendi a mão para ela. Ela me analisou como se me visse pela primeira vez, com um largo sorriso embriagado no rosto. Baixei os olhos. Quando voltei a erguê-los, ela estava sentada na cama olhando para mim de olhos arregalados e cheios de inquietação, piscando muito, como se tivesse acabado de acordar. O lençol branco deslizara, revelando seu ombro e seu braço direito, que eram tão pálidos e brancos quanto seu rosto. O cotovelo esquerdo se apoiava no travesseiro.

"Você vai ficar com frio."

Ela me fez sentar na cama, puxando-me pelo braço. Depois se aproximou de mim, abriu minhas mãos e descansou o rosto nelas.

"Ah Raif, então você também pode ser assim? Você tem todo o direito... Mas o que posso fazer? Se você soubesse... se soubesse... Mas nos divertimos, não? Com certeza... não, não, eu sei! Não retire suas mãos... eu nunca vi você assim... Quão lindamente sério você pode ficar! Mas por quê?"

Levantei a cabeça. Agora ela estava ajoelhada na cama, perto de mim, segurando meu rosto nas mãos. "Olhe para mim", ela disse. "Não é o que você está pensando... posso provar para você... Por que fica aí parado assim? Ainda não acredita em mim? Não confia?"

Ela fechou os olhos. Parecia estar tentando capturar um pensamento. Tinha a testa enrugada, o cenho franzido. Quando vi seus ombros tremerem, puxei a coberta por cima deles e a segurei para que não escorregasse.

Ela abriu os olhos. Sorriu, surpresa. "Então é assim... você está sorrindo também, não está?" Ela desviou o olhar para um canto do aposento, incapaz de continuar falando.

Seu cabelo havia caído na testa. O raio de luz que iluminava um lado de seu rosto batia em seus cílios, fazendo uma sombra na parte superior do nariz. Seu lábio inferior tremia de leve. Naquele momento, estava mais bonita que em seu quadro, mais bonita que a *Madonna delle Arpie*. Puxei-a para mais perto de mim com o braço que segurava a coberta.

Senti seu corpo tremer. Sua respiração estava entrecortada.

"Claro... claro", ela disse. "É claro que amo você. E como amo... Poderia ser de outro jeito? Eu tenho que amar você... com certeza amo. Mas por que você parece tão surpreso? Então acha que poderia ser de outra forma? Sei o quanto você me ama... e sem dúvida eu o amo tanto quanto você me ama..."

Ela aproximou o rosto do meu e me cobriu de beijos ardentes.

Quando acordei, na manhã seguinte, podia ouvir sua respiração profunda e regular. Sua cabeça estava apoiada no braço. Ela dormia de costas para mim, com o cabelo espalhado em ondas pelo travesseiro branco. Seus lábios estavam entreabertos e logo acima deles havia uma penugem muito fina. Quando ela expirava, as narinas se abriam de leve e a penugem esvoaçava para depois voltar ao mesmo lugar.

Deitei de novo a cabeça no travesseiro e, olhando para o teto, esperei. Estava impaciente. Ansiava por saber como ela iria olhar para mim e o que diria ao acordar, mas, sem saber por que, ao mesmo tempo temia esse momento. Desde que abrira os olhos, minha paz de espírito se esvaíra. Eu não fazia ideia da razão. Por qual motivo eu tremia feito um réu aguardando sua sentença? O que mais poderia pedir dela? O que mais eu esperava? Afinal, todos os desejos de meu coração não tinham sido satisfeitos?

Eu sentia um grande vazio dentro de mim, e também uma angústia tão grande que era quase palpável. Algo estava faltando, mas o quê? Eu me sentia tão frustrado quanto um homem que, tendo saído de casa, para no meio da rua porque sente que esqueceu algo, mas não consegue se lembrar de jeito nenhum o que foi que esqueceu, e, fuçando a memória e os bolsos, por fim desiste e continua a caminhar com relutância, ainda corroído pela dúvida.

Depois de um tempo, percebi que não ouvia mais a respiração compassada de Maria. Levantei lentamente a cabeça e dei uma espiada. Vi-a com o olhar fixo e distante. Não se mexera, seu cabelo continuava esparramado sobre o rosto. Apesar de saber que eu olhava para ela, não virou o rosto e continuou fitando aquele ponto desconhecido. Me dei conta de que ela devia estar acordada havia um bom tempo e senti a angústia aumentar, como se uma braçadeira estivesse esmagando meu peito.

Quanto mais pensava em meus sentimentos absurdos, em minhas apreensões infundadas, mais eu me repreendia por permitir que minha paranoia destruísse o que poderia ter sido o dia mais iluminado de minha vida. Isso me desesperava.

"Está acordado?", ela perguntou, sem virar a cabeça.

"Sim… Você acordou há muito tempo?"

"Agora há pouco."

Sua voz me encorajou mais uma vez. Aquela voz que havia tanto tempo era o som mais doce que eu conhecia — eu a recebia como a um velho amigo. Só de ouvi-la, meu ser se regozijava. Porém aquela paz não durou muito. Ela me perguntara de um jeito formal se eu estava acordado, embora nos últimos dias intercalasse o tom formal com o informal. Como interpretar essa atitude na manhã posterior à noite que havíamos compartilhado?

Talvez ainda não estivesse completamente acordada.

Quando ela se voltou para mim, estava sorrindo, mas não era o sorriso sincero e caloroso que eu conhecia. Parecia mais o sorriso que ela lançava para os clientes do Atlantic.

"Você está se levantando?", ela perguntou.

"Sim, estou! E você?"

"Não sei... não estou me sentindo muito bem... me sinto um pouco indisposta... talvez por ter bebido demais... E estou com dor nas costas, também..."

"Acho que você se resfriou ontem à noite... O que deu em você, de sair para a rua quase sem roupa?"

Ela deu de ombros e me virou as costas.

Levantei, lavei o rosto e me vesti rapidamente. Notei que ela me observava da cama com o rabo do olho.

Havia um clima tenso no aposento. Senti vontade de fazer graça: "O silêncio nos acometeu... O que há conosco? Será que já cansamos um do outro feito um casal casado há anos?".

Ela me olhou com olhos inquisitivos. Isso me fez ficar mais chateado ainda, então me calei. Depois me aproximei da cama: queria acariciá-la, quebrar o gelo que existia entre nós antes que ele ficasse ainda mais duro. Ela se sentou, deixando que as pernas deslizassem para fora da cama. Jogou um agasalho fino sobre os ombros. Ainda observava o meu rosto. Alguma coisa a incomodava e a impedia de se aproximar de mim. Por fim disse, com voz bastante calma: "Por que você está aborrecido?".

Pela primeira vez vi seu rosto pálido adquirir um tom rosado. Com o peito ofegante, ela continuou: "O que mais você quer? Pode haver algo mais que você queira? Porque eu quero... eu quero muitas coisas, mas elas estão fora do meu alcance. Tentei de tudo, mas em vão. De agora em diante você pode ser feliz! E eu?".

Sua cabeça caiu para a frente, sem ânimo. Os braços pendiam sem vida ao longo do corpo. As pontas dos dedos dos pés tocavam o tapete. O dedão estava virado para cima, os outros dedos enrolados para baixo.

Puxei uma cadeira e me sentei diante dela. Peguei suas mãos. Minha voz estava embargada como a de qualquer homem prestes a perder seu tesouro mais precioso, a razão de sua vida.

"Maria", falei, "Maria! Minha Madona com casaco de pele! O que aconteceu de repente? O que fiz para você? Eu prometi que não pediria nada de você e cumpri minha palavra. Por que está dizendo isso justamente quando deveríamos estar mais próximos do que nunca?"

Ela balançou a cabeça e disse: "Não, meu amigo, não! Estamos mais distantes do que nunca! Porque perdi toda a esperança. Acabou... Eu disse para mim mesma que passaria por isso uma vez só. Pensei que fosse o que faltava... Mas não... dentro de mim sinto o mesmo vazio... só que agora ele é maior ... O que fazer? Não é culpa sua... mas não estou apaixonada por você. E eu sei muito bem o que o mundo pede: que depois de decretar que não estou apaixonada por você, não tendo conseguido me apaixonar por você, eu abandone toda esperança e não ame mais ninguém... Mas não está em meu poder. Ou seja, eu sou assim. Não há outra saída senão aceitar as coisas como elas são... Ah, como eu queria... como eu queria que fosse diferente... Raif... meu amigo de coração bom... acredite que eu queria tanto quanto você.... talvez até mais do que você... que fosse diferente. O que posso fazer? Neste momento não sinto nada além do gosto amargo da bebida em minha boca e uma dor nas costas que está piorando".

Ela ficou um tempo calada. Fechou os olhos e seu rosto adorável adquiriu uma expressão mais suave. Com uma voz tão meiga que bem poderia estar contando um conto de fadas para crianças, ela disse: "Ontem à noite, especialmente depois que viemos para cá, ah... quantas coisas eu esperava... eu havia sonhado que uma varinha de condão me mudaria completamente e que eu sentiria na alma um ímpeto semelhante ao de uma garotinha inocente, mas ao mesmo tempo poderoso a ponto de abarcar toda a minha existência, e que esta manhã acordaria em outro mundo. Mas a verdade é muito diferente... o céu está nublado como sempre... meu quarto está frio... me sinto alheia a tudo ao meu redor. Apesar de nossa intimidade, você ainda está muito distante, uma outra pessoa em um outro corpo... Meus músculos estão cansados e minha cabeça dói...".

Voltou para a cama, deitando-se de costas. Cobriu os olhos com as mãos e continuou: "Então, suponho que isso queira dizer que as pessoas só podem se aproximar umas das outras até certo ponto para em seguida se afastarem, toda vez que tentam dar um passo para mais perto. Ah, como eu desejei que nossa intimidade não tivesse limite, não tivesse fim. Me entristece ver que minhas esperanças foram vãs... A partir de agora não há mais necessidade de nos enganarmos. Já não podemos conversar tão francamente quanto antes. Sacrificamos tudo para quê? Por quê? Por nada! Tentando possuir o que não existia, perdemos o que já tínhamos... Tudo está acabado? Acho que não. Sei que nenhum de nós é criança. Mas precisamos passar um tempo longe um do outro para descansar, até sentirmos aquela poderosa vontade de nos ver novamente. Basta, basta! Raif, procuro você quando esse momento chegar. Talvez voltemos a ser amigos e nos portemos com mais sabedoria. Não vamos esperar tanto um do outro ou achar que podemos dar tanto... Mas agora você tem que ir embora... preciso muito ficar sozinha...".

Afastou a mão dos olhos, lançou um olhar de súplica e estendeu a mão. Toquei nas pontas de seus dedos e disse: "Adeus".

"Não, não... assim não. Você está zangado... o que eu fiz para você?", ela gritou.

Reunindo todas as minhas forças para me manter calmo, respondi: "Não estou zangado, estou triste".

"E eu? Também não estou triste? Não está vendo? Você não pode se despedir assim. Venha cá."

Ela puxou minha cabeça para seu peito e me acariciou. Depois colou o rosto no meu e disse: "Sorria para mim uma vez, depois vá".

Sorri e saí correndo do aposento com o rosto entre as mãos.

Já na rua, saí andando sem destino. As ruas estavam desertas e a maior parte das lojas, fechada. Meus passos me levavam para o norte. Bondes e ônibus com janelas embaçadas passavam ao meu lado. Caminhei... ao longo de calçadas de pedra e de casas com fachadas escuras... segui caminhando... abri a jaqueta porque começara a suar. Cheguei até o limite da cidade. E continuei caminhando... caminhei sob pontes ferroviárias e sobre canais congelados... Sempre caminhando. Caminhei por horas. Não pensava em nada. Meus olhos piscavam, afastando o frio. Apressei o passo, chegando quase a correr. Dos dois lados havia bosques bem conservados de pinheiros. De vez em quando um torrão de neve caía de um galho e se espatifava no chão. Ciclistas passavam por mim e, ao longe, eu ouvia o trem estremecer o chão. Caminhei... Então, à minha direita, avistei um lago bastante grande, repleto de patinadores. Entrei no bosque e avancei para o lago. Entre as árvores havia rastros longos, em zigue-zague, deixados pelos esquis. Em um arvoredo protegido com arame farpado, pequeninas novas mudas de pinheiro carregadas de neve tremiam feito crianças cobertas com capas brancas. Ao longe avistei uma pousada de madeira com dois pavimentos.

No lago, vi garotas de saia curta e rapazes com os cadarços dos patins amarrados às panturrilhas patinando lado a lado. Eles erguiam um pé no ar e rodopiavam para depois, de mãos dadas, acelerar até sumir atrás de um promontório. Os cachecóis coloridos das meninas esvoaçavam ao vento, assim como os cabelos loiros dos rapazes, enquanto eles deslizavam ora para a esquerda, ora para a direita. A cada passo parecia que cresciam e diminuíam juntos.

Eu estava atento a tudo ao meu redor. Afundando os pés na neve até a altura dos tornozelos, caminhava prestando atenção a cada detalhe. Passando por trás do abrigo, fui em direção às árvores do outro lado do lago. Lembro-me de ter estado ali uma vez, mas não me recordo quando, nem exatamente onde estava. A algumas centenas de metros da pousada, em uma colina, viam-se algumas árvores antigas. Parei. Uma vez mais observei os patinadores no lago congelado.

Àquela altura, havia caminhado umas quatro horas. Não fazia ideia do motivo de ter me desviado da estrada para ir até ali, ou de ainda não ter voltado atrás. A ardência na cabeça diminuíra, e o formigamento na base do nariz se fora. Eu só sentia um terrível vazio dentro de mim. O período mais rico, mais significativo da minha vida, de repente se esvaíra, levando consigo toda esperança e razão de viver. Eu estava desolado como se tivesse acordado do sonho mais doce para encarar a realidade mais amarga. Não estava magoado com ela, também não estava zangado. Só triste. Dizia para mim mesmo: "Não deveria ter sido assim". A verdade é que ela não conseguiu me amar. E com razão. Ninguém nunca me amou na vida. De toda forma, as mulheres são criaturas bastante estranhas. Ao recordar as mulheres que conheci ou observei, sou levado a concluir que o verdadeiro amor está além das suas possibilidades. Quando têm tudo para amar, não amam. Ao mesmo tempo, se lamentam por desejos não realizados, querem remendar seu ego ferido e se entristecem com as oportunidades perdidas, achando que se tratava de amor. Mas logo compreendi que estava sendo injusto com Maria. Apesar de tudo, não era assim que eu a via. E entendi o quanto sofria. Não era possível que sofresse apenas por pena de mim. Sofria por alguma coisa que ansiava encontrar, sem conseguir. O quê? O que faltava em mim? Ou melhor, o que faltava em nós?

Que doloroso imaginar que uma mulher lhe dera tudo e depois perceber que, na verdade, ela não dera nada. Ver que, em vez de tê-la atraído para mais perto, ela ficara mais distante do que nunca!

Não deveria ter sido assim. Mas, como Maria dissera, não havia nada a fazer, especialmente de minha parte...

Que direito ela tinha de me tratar daquele jeito? Eu poderia ter continuado a viver como vivi durante anos, evitando o contato humano e levando uma vida medíocre, sem nunca ser obrigado a enfrentar o vazio da minha existência. Teria continuado a viver convencido de que minha personalidade estranha não me permitia mais que isso, e nunca saberia o que significava ter uma vida feliz. Teria vivido uma vida solitária, certamente triste, acreditando ao mesmo tempo que um dia seria salvo. Era esse o meu estado de espírito quando Maria, ou melhor, aquele quadro surgira na minha frente. Ela me arrancara do meu mundo silencioso e escuro e me dera uma vida iluminada e genuína. Depois, assim como chegara, de repente e sem nenhuma razão, ela se fora. Para mim, porém, não havia possibilidade de voltar para meu antigo torpor. Enquanto vivesse, viajaria para diversos lugares, conheceria pessoas cuja língua saberia ou não, e em todos os lugares e em todas as pessoas procuraria por Maria Puder, a Madona com casaco de pele, sabendo desde o início que não a encontraria. Mesmo assim, não estava em meu poder desistir da busca. Ela me condenara a uma vida à procura de uma incógnita, de algo que não existia. Ela nunca deveria ter feito isso...

Os anos vindouros me pareceram insuportavelmente tristes. E não consegui encontrar um motivo para carregar esse fardo. Uma cortina se levantou no exato momento em que eu lutava contra esses pensamentos. Me lembrei de onde estava. O lago à minha frente era o Wannsee. Um dia em que viajava com Maria Puder para ver o parque do Novo Palácio de Frederico II, em Potsdam, ela me mostrara o lago da janela do trem. Contara que mais de um século antes o grande poeta Heinrich von Kleist e sua amada haviam cometido suicídio sob as árvores, no lugar onde eu me encontrava agora.

O que me levara até lá? O que me fizera caminhar até aquele lugar? Até parecia que eu fora direto para lá cumprindo uma promessa. Será que, depois de me despedir da pessoa em quem mais confiei neste mundo, depois de a ouvir afirmar que havia um limite além do qual duas pessoas não podiam mais ficar íntimas, eu fora até aquele lugar onde duas pessoas haviam se suicidado em busca de uma espécie de resposta? Ou teria sido apenas para me convencer de que havia amantes neste mundo que se recusavam a se separar? Não sei. Não consigo determinar muito bem o que pensei naquele momento. De repente, o solo sob meus pés começou a arder! Eu quase podia ver diante de mim os dois amantes lado a lado, uma bala no peito da mulher e outra na cabeça do homem. E dois fios de sangue serpenteando pela grama, correndo dos ferimentos e formando uma poça junto a meus pés. O sangue e o destino deles estavam reunidos. E logo adiante, a alguns passos, jaziam os dois. Lado a lado... Virei-me e voltei depressa pelo caminho por onde tinha vindo.

Eu podia ouvir as risadas que vinham do lago, lá embaixo. Avistei os casais rodopiando, braços em torno das cinturas, como se estivessem empreendendo uma viagem sem fim. Às vezes, quando a porta da pousada se abria, ouvia-se som de música e bater de pés no chão. Os que se cansavam de patinar subiam a colina, provavelmente para tomar grogue e dançar um pouco.

Eles estavam se divertindo. Estavam vivendo. Enquanto eu permanecia fechado dentro de minha própria cabeça e observava, como entendi depois, não de cima, mas de baixo. Não era um excesso de idiossincrasia o que me fazia evitar a companhia das pessoas, mas a falta de alguma coisa. Só que a vida era para ser vivida, como aquelas pessoas estavam fazendo. Elas estavam cumprindo seu papel, dando sua contribuição. E quanto a mim? O que minha alma havia feito, além de me corroer feito um cupim? Aquele gramofone, aquela pousada de madeira, aquele lago congelado, aquelas árvores cobertas de neve e aquelas pessoas tão diversas: todos estavam ocupados com tarefas que a vida lhes confiara. Havia significado em tudo o que faziam, mesmo que isso não fosse evidente à primeira vista. Quanto a mim, eu era a roda que se soltara do eixo, buscando razões enquanto rolava para o vazio. Sem dúvida era o homem mais inútil do mundo, que continuaria sendo exatamente o mesmo sem mim. Eu não esperava nada de ninguém e ninguém esperava nada de mim.

A partir daquele momento, minha vida mudou, tomou um novo rumo. A partir de então, passei a acreditar em minha inutilidade, em minha nulidade. Às vezes sentia vontade de tornar a viver, de retornar à terra dos vivos. Quando pensava em minha mudança de circunstância, permitia-me, por alguns dias, sentir-me melhor. Depois, no entanto, voltava para minha convicção mais profunda: a de que este mundo não precisa de mim. Não havia nada que eu pudesse fazer para me livrar da influência dessa ideia, a tal ponto que, ainda hoje, passados tantos anos, ainda me lembro de todos os detalhes daquele momento em que me afastei do mundo que me cercava, minha coragem totalmente estilhaçada. Posso ver com clareza que não me enganava sobre a minha convicção...

Apressei-me para chegar à rua asfaltada e seguir em direção a Berlim. Apesar de não ter comido nada desde a noite anterior, sentia mais náusea que fome. Minhas pernas não estavam cansadas, mas meu corpo estava tenso. Eu caminhava devagar, mergulhado em meus pensamentos. Quanto mais me aproximava da cidade, mais meu desespero aumentava. Eu simplesmente não aceitava o fato de que, a partir daquele momento, viveria sem ela. Chegava a achar essa ideia remota, ridícula, impossível... Mas seria incapaz de procurá-la de cabeça baixa e implorar. Não era meu feitio, nem teria serventia. Imaginei coisas que se pareciam com o que imaginava quando criança, só que um pouco mais loucas, mais sangrentas e mais absurdas. Como seria maravilhoso se eu ligasse para ela à noite, bem no momento de ela apresentar seu número no Atlantic, e, depois de pedir desculpas por perturbá-la e me despedir, estourasse uma bala na cabeça enquanto ela estivesse com o fone no ouvido! Depois de ouvir o estrondo ela ficaria um instante imóvel, tentando entender o que se passara, depois gritaria "Raif! Raif!" no aparelho. E se, por sorte, eu ouvisse seus gritos caído no chão, dando meus últimos suspiros, morreria sorrindo. Por não saber de onde eu havia ligado, ela entraria em desespero e, enlouquecida, não avisaria a polícia. Na manhã seguinte, com as mãos trêmulas, leria no jornal os detalhes da tragédia misteriosa. Então, imersa em remorso e arrependimento, entenderia que, até o fim da vida, não seria capaz de me esquecer, pois eu teria me unido à memória dela com sangue.

Eu estava chegando à cidade. Mais uma vez, passei por cima e por baixo das mesmas pontes. Já era quase noite. Eu não sabia para onde estava indo. Fui até um parque pequeno e me sentei lá. Meus olhos ardiam. Joguei a cabeça para trás e olhei para o céu. A neve congelava meus pés. Apesar disso, passei horas sentado ali. Uma estranha dormência se espalhou pelo meu corpo. Ah, morrer congelado aqui e ser enterrado no dia seguinte, silenciosamente, sem cerimônia alguma! Como Maria reagiria ao saber casualmente da notícia dias mais tarde? Que contorno adquiriria seu rosto? Ela se arrependeria?

Meus pensamentos sempre se voltavam para ela. Levantei-me e segui meu caminho. Ainda seria preciso andar por horas para chegar ao centro da cidade. Comecei a falar sozinho durante o percurso. Na verdade, falava com ela. Milhares de ideias brilhantes, atraentes e ilusórias assaltavam minha mente, como nos primeiros dias em que nos conhecemos. Mas eu sabia que não havia palavras que pudessem fazê-la mudar de ideia. Com os olhos lacrimejantes, eu lhe diria, numa voz embargada, que seria quase impossível duas pessoas encontrarem o tipo de intimidade que tivemos, portanto seria impensável que nos afastássemos por uma razão tão sem sentido... Primeiro ela acharia estranho um homem calmo e submisso como eu falar com tanto entusiasmo e veemência, mas, em seguida, estenderia a mão lentamente e, sorrindo, diria: "Você tem razão!".

Sim... eu precisava vê-la e explicar tudo a ela. Tinha que convencê-la a reverter aquela decisão terrível, que eu havia aceitado tão prontamente pela manhã. Ela haveria de reverter sua decisão. Decerto ela até ficara ofendida com a rapidez com que eu saíra da sua casa, sem nem protestar... Precisava vê-la imediatamente, esta noite ainda.

Perambulei até às onze da noite, quando, em frente ao Atlantic, comecei a andar de um lado para o outro esperando por ela. Mas Maria não saiu. Por fim, perguntei ao porteiro do terno bordado. "Não sei, ela não veio esta noite", ele disse. Presumi que seu mal-estar havia piorado. Decidi correr até sua casa. As luzes da janela estavam apagadas. Devia estar dormindo. Julgando que não seria correto acordá-la, voltei para a pensão.

Por três dias seguidos, esperei por ela em frente ao Atlantic, depois ia até a porta de sua casa olhar para a janela escura e, sem coragem de fazer mais que isso, voltava para a pensão. Todos os dias me sentava em meu quarto e tentava ler. Não fazia mais que virar as páginas, alheio às palavras. Às vezes tentava me concentrar e voltar ao início, mas depois de algumas linhas, minha mente voltava a divagar. Compreendi que não havia nada a fazer senão aceitar sua decisão como definitiva e esperar o tempo passar. À noite, porém, minha imaginação voltava a agir, atormentando-me com pensamentos impossíveis. Então, no meio da madrugada, contradizendo todas as resoluções tomadas durante o dia, eu saía correndo de casa para perambular perto do prédio onde ela morava ou em qualquer outra rua por onde achava que ela poderia passar. Por já estar envergonhado de tanto interrogar o porteiro do terno bordado, passei a observar a entrada de longe. Cinco dias se passaram assim. Eu sonhava com ela todas as noites, mais próxima de mim como nunca estivera.

    No quinto dia, vendo que ela não apareceria para trabalhar, telefonei para o Atlantic e pedi para falar com Maria Puder. Disseram que ela não estava indo havia alguns dias por estar doente. Então, de fato, ela estava seriamente doente. Houvera alguma razão para que eu duvidasse disso? Por que precisara de uma confirmação daquele tipo para acreditar que ela estava doente? Por acaso ela mudaria seu horário de trabalho ou avisaria o porteiro para se livrar de mim? Decidi ir até seu prédio e acordá-la mesmo que ela estivesse dormindo. Fosse qual fosse o limite que ela houvesse estabelecido para o nosso relacionamento, eu tinha o direito de fazer isso. Sim, nós dois estávamos bêbados. Mas não estava certo atribuir tanta importância ao episódio da manhã seguinte.

    Subi ofegante a escada e sem hesitar toquei a campainha. Um toque breve e esperei. Nenhum movimento lá dentro. Apertei de novo, várias vezes, demoradamente. O ruído de seus passos não veio. Então a porta de frente se abriu e lá apareceu uma empregada que parecia bastante sonolenta.

    "O que o senhor deseja?", ela perguntou.

    "Queria falar com a moradora daqui."

    Depois de me examinar atentamente, ela resmungou: "Não tem ninguém aí!". Meu coração acelerou.

    "Elas se mudaram?"

Agora a voz dela estava mais suave, talvez por notar o pânico e a agitação que tomavam conta de mim. Balançando a cabeça, ela disse: "Não, a mãe dela ainda não voltou de Praga. Ela ficou doente. Não tinha ninguém para cuidar dela, então o médico da enfermaria a transferiu para o hospital".

Ao ouvir isso, corri em sua direção. "O que ela tem? É grave? Para qual hospital a levaram? Quando…"

Assustada com tantas perguntas, a mulher deu um passo para trás: "Não grite! Você vai acordar todo mundo no prédio… Eles a levaram há dois dias. Acho que foi para o Charité…".

"O que ela tem?"

"Não sei!"

Não me ocorreu agradecer. Ela ficou me olhando, boquiaberta, enquanto eu descia a escada saltando os degraus de quatro em quatro. O primeiro policial com quem topei me informou onde ficava o Charité. Fui para lá sem a menor ideia do que faria. Ao avistar o prédio grande de pedra a centenas de metros de distância, senti um calafrio. Entrei pelo portão sem hesitar e chamei o porteiro. Apesar de ter recebido mais do que merecia em gentileza, afinal chegara depois da meia-noite e o fizera sair de seu quartinho para o frio, ele não soube me informar nada sobre Maria. Não tinha conhecimento da chegada de nenhuma mulher, tampouco de seu diagnóstico ou do quarto onde estava internada. Mesmo tendo sido importunado, ele dava a mesma resposta para cada pergunta com um sorriso: "Venha amanhã às nove horas e poderá se informar melhor".

Foi naquela noite, ao andar pelos corredores frios junto às altas paredes de pedra do hospital, que me dei conta de quanto amava Maria Puder e de quanto estava apegado a ela. Não pensava em nada além dela. Percebi que vários pacientes me observavam pela janela iluminada com uma luz amarela baixa e, por minha vez, eu tentava adivinhar em qual daqueles quartos ela estaria. Ah, que desejo ardente eu sentia de estar a seu lado, de enxugar o suor de sua testa com as mãos, de atender a cada necessidade sua.

Naquela noite compreendi como era possível estar mais ligado a outra pessoa do que à própria vida. Também compreendi, naquela mesma noite, como a vida seria vazia sem ela. Tão oca quanto uma casca de noz levada pelo vento.

O vento jogava a neve de uma parede para a outra, chegando a impedir minha visão. Não havia absolutamente ninguém nas ruas. De vez em quando um veículo branco entrava pelo portão do hospital para voltar a sair logo depois. Um policial me lançou um olhar severo quando passei por ele pela segunda vez. Na terceira, me perguntou por que estava andando por ali. Falei que conhecia uma pessoa que estava internada no hospital, e ele então me aconselhou a ir descansar e voltar na manhã seguinte. Quando nos cruzamos mais uma vez depois disso, ele me olhou com um olhar de pena e seguiu seu caminho.

À medida que o dia clareava, as ruas lentamente ficavam mais movimentadas. Mais carros brancos entravam e saíam pelos diversos portões do hospital. Às nove horas em ponto, obtive permissão do médico de plantão para visitar a paciente, embora não fosse dia de visita. Deve ter sido minha expressão aflita que convenceu o médico a abrir uma exceção para mim.

Maria Puder estava num quarto de um só leito. A enfermeira que me conduziu até lá disse para não ficar muito tempo, visto que a paciente precisava repousar. Ela estava com pleurisia, mas o médico não considerava grave. Maria virou a cabeça e quando me viu, abriu um sorriso. Porém de repente sua expressão mudou: ela deu a impressão de estar assustada. Tão logo a enfermeira saiu do quarto e nos deixou sozinhos, ela perguntou: "O que houve com você, Raif?".

Sua voz era a mesma de sempre. Somente sua pele pálida havia adquirido um tom amarelado. Aproximando-me dela, falei: "O que houve com você? Você não se viu ainda?".

"Não é nada... suponho que vai passar... mas você parece exausto!"

"Fiquei sabendo ontem à noite pelo pessoal do Atlantic que você estava doente. Fui até sua casa e a empregada que mora em frente me disse que haviam trazido você para cá. À noite não me deixaram entrar, então tive que esperar amanhecer."

"Onde?"

"Aqui... fora do hospital."

Ela me olhou de cima a baixo com uma expressão bastante séria. Fez um gesto como se fosse dizer algo, mas desistiu.

A enfermeira abriu a porta. Despedi-me de Maria. Ela acenou com a cabeça, mas não sorriu.

Maria Puder ficou hospitalizada por vinte e cinco dias. Poderiam até tê-la deixado mais, mas ela disse aos médicos que estava ficando angustiada e que se cuidaria melhor em casa. Levando consigo muitos conselhos e uma longa lista de remédios prescritos, recebeu alta do hospital num dia de muita neve e voltou para casa. Não me lembro bem o que fiz nesses vinte e cinco dias. Não me lembro de ter feito nada além de visitá-la no hospital, ficar sentado a seu lado observando seu olhar vago, seu rosto suado e seu peito subindo e descendo enquanto ela se esforçava para respirar. Na verdade, eu não estava sequer vivendo, pois se estivesse, agora me lembraria nem que fosse de alguma coisa mínima que tivesse se passado naqueles dias. Só me lembro de um terrível pavor que me consumia por dentro. Sentia muito medo de perdê-la. Quando seus dedos deslizavam para fora das cobertas ou quando seus pés estremeciam sob o lençol, eu via um prenúncio de morte. Podia ver em seu rosto, em seus lábios, em seu sorriso: sentia que havia neles uma entrega, uma aceitação de mudança horrível, até mesmo uma predisposição, como se eles só estivessem à espera de uma oportunidade. O que eu faria então? Sim, teria que cuidar das últimas tarefas, mantendo-me tranquilo, teria que escolher o cemitério e o lugar de seu enterro, teria que consolar a mãe dela, que já teria voltado de Praga, e depois, com mais algumas pessoas, finalmente teria que enterrá-la. Após um tempo, todos iríamos embora juntos, mas eu voltaria escondido para ficar sozinho ao lado de seu túmulo. E seria nesse momento que tudo começaria. O momento em que eu a teria perdido para sempre. O que faria? Podia pensar em todos os detalhes até esse ponto, mas a partir daí não conseguia prosseguir. Sim, depois que a enterrássemos e todos tivessem ido embora, o que eu faria? A partir daquele momento, quando eu já tivesse feito tudo por ela, minha estadia na terra seria absurda e sem sentido. Haveria um vazio assustador em minha alma. Um dia, quando já estava se recuperando, ela me disse: "Fale com os médicos. Fale para eles me darem alta". Então, ela sussurrou, como se quisesse dizer algo bem trivial: "Você vai cuidar melhor de mim".

Saí do quarto correndo, sem nem mesmo responder. O especialista queria que ela ficasse mais uns dias. Concordamos. Por fim, no vigésimo quinto dia, eu a envolvi em seu casaco de pele e desci as escadas segurando-a pelo braço. Fui de táxi com ela até sua casa, e o motorista me ajudou a levá-la para cima. Mesmo assim, quando ela se trocou e eu a ajudei a deitar-se na cama, ela estava exausta.

Desde então, eu era de fato a única pessoa que cuidava dela. Uma mulher de meia-idade vinha de manhã fazer a faxina, acender o forno de tijolo e cozinhar uma refeição para a paciente. Apesar da minha insistência, ela não aceitou que eu chamasse sua mãe. Nas cartas que escrevia com mão trêmula para ela, dizia: "Estou bem. Divirta-se e passe o inverno aí".

"Se minha mãe viesse, não teria como me ajudar. É ela quem precisa de ajuda! Ela se preocuparia em vão, e isso acabaria me preocupando também." E com aquele seu sussurro displicente, disse: "E você já cuida de mim... ou será que se cansou? Já enjoou disso?".

Mas ela não estava brincando ao dizer essas palavras, tampouco sorria. Na verdade, desde que caíra doente não sorrira nem uma vez. Só no primeiro dia em que a vi no hospital, ela me recebeu com um sorriso, mas em seguida voltara àquela seriedade. Sempre que me pedia algo, me agradecia ou falava de um assunto qualquer, fazia isso com uma expressão séria e pensativa. Eu ficava sentado ao lado da cama até tarde da noite e voltava na manhã seguinte. Depois passei a dormir num sofá bem grande que trouxera de outro aposento e usava a coberta que era da mãe dela. Não trocamos uma única palavra sobre o contratempo — embora não seja exato chamar aquilo de contratempo —, sobre nossa pequena conversa na manhã do Ano-novo. Minhas visitas no hospital, nossa vida aqui desde que eu a trouxera para casa, tudo, enfim, acontecera de forma tão natural que não consideramos necessário tocar no assunto. Evitávamos toda alusão ao tema, mesmo que mínima. No entanto, era visível que ela estava matutando a respeito de alguma coisa. Enquanto eu vagava pelo quarto, ocupando-me de uma ou outra tarefa, ou lia para ela em voz alta, sentia seus olhos me acompanharem constantemente. Era como se ela estivesse buscando alguma coisa em mim. Uma noite, li à luz do abajur uma longa história de Jakob Wassermann intitulada *A boca nunca beijada*. Era sobre um professor que nunca havia sido amado por ninguém e que envelheceu sem admitir que ansiava pelo calor humano do amor. É uma descrição magistral de um pobre homem que lutava para manter viva sua esperança sem que ninguém percebesse a solidão de sua alma. Quando a história acabou, Maria fechou os olhos, mantendo-os assim por um bom tempo, e não falou nada. Depois voltou-se para mim e comentou com voz indiferente: "Você não me disse o que fez nos dias em que não nos vimos, logo depois do Ano-novo".

"Não fiz nada", respondi.

"É mesmo?"

"Não sei…"

Novamente imperou o silêncio. Era a primeira vez que ela tocava no assunto. Mas não me surpreendi. Percebi que vinha esperando por aquela pergunta havia bastante tempo. Em vez de responder, dei-lhe algo para comer. Depois cobri-a bem, sentei-me ao seu lado e perguntei: "Posso ler algo para você?".

"Como quiser."

Eu já me acostumara a ler para ela, na medida do possível, algo aborrecido para ajudá-la a pegar no sono. Hesitei por um instante.

"Se você quiser, posso lhe contar sobre os cinco primeiros dias do Ano-novo. Aí você vai dormir rapidinho", eu disse.

Ela não riu do meu gracejo. Apenas acenou com a cabeça, como quem diz: "Pode ser". Comecei lentamente, parando de vez em quando para organizar as ideias e a memória. Contei aonde tinha ido depois de sair da casa dela, o que vira e que pensamentos tivera ao passar pelo lago Wannsee, e como, quando anoiteceu, voltara para Berlim. Por fim, falei sobre a última noite, a noite em que fiquei sabendo que ela fora transferida para o hospital, e contei como havia corrido para lá e esperado do lado de fora até amanhecer. Minha voz estava bastante calma, tanto que parecia que eu estava contando os acontecimentos de outra pessoa. Disse tudo o que estava dentro de mim, tudo de que me lembrava, analisando os detalhes um a um. Ela ouvia em silêncio, de olhos fechados. Estava tão imóvel que pensei que tivesse adormecido. Mesmo assim, continuei. Era como se estivesse recontando todos os acontecimentos para mim mesmo. Admiti ter sentimentos que não havia compreendido até então, e os questionava, mas antes de poder chegar a alguma conclusão a respeito deles, passava para outro assunto. Apenas uma vez ela abriu os olhos. Foi quando contei sobre minha despedida imaginária por telefone. Ela olhou para mim com atenção e depois fechou os olhos novamente. Nenhuma linha de seu rosto se movia.

Não escondi nada, não sentia necessidade, pois não tinha o menor motivo para esconder o que quer que fosse. Aqueles acontecimentos pareciam tão distantes, tão estranhos para mim... Por isso não havia nem rastro de subterfúgio ou cálculo nem no que eu disse sobre ela nem no que disse sobre mim: em relação a essa parte, fui cruel. Não conseguia me lembrar nem mesmo de um dentre os muitos pensamentos ilusórios que me assaltaram durante aquela noite em que havia esperado por ela na rua, e tampouco me esforcei para recordá-los. A única coisa que eu queria era contar uma história a ela, nada mais. Estava julgando cada acontecimento por seus próprios méritos e não pelo que eles significavam para mim. E ela me ouvia com toda a atenção, apesar de não fazer o menor movimento.

Eu sentia isso muito bem. Quando lhe contei sobre meus pensamentos ao lado de sua cama e de como a imaginara morrendo, ela piscou os olhos várias vezes... mas nada mais...

Finalmente terminei meu relato e fiquei calado. Ela também ficou calada. Permanecemos assim por, talvez, dez minutos. Por fim, ela se virou para mim, abriu os olhos e, pela primeira vez depois de um longo tempo, esboçou um leve sorriso (pelo menos foi o que me pareceu) e, com a voz bastante tranquila, disse: "Vamos dormir?".

Eu me levantei, preparei minha cama, me troquei e apaguei a luz. Mas não conseguia dormir. Percebi, pelo ruído de sua respiração, que ela tampouco dormia. Pouco a pouco minhas pálpebras foram ficando pesadas, mas eu esperava por aquele rumorejo suave e regular que me haituara a ouvir todas as noites. Fiz força para não adormecer, movendo-me constantemente. Apesar disso, adormeci primeiro.

Quando abri os olhos, era de manhã cedo. O quarto ainda estava escuro. Um fraco raio de luz se infiltrava pelas cortinas. Mas aquele chiado que eu viera a conhecer tão bem — esse eu não conseguia ouvir. O quarto estava imerso num silêncio assustador. Parecia que estávamos aguardando com toda a tensão da nossa alma. Havia muita coisa acumulada dentro de nós. Eu podia sentir isso quase de forma palpável.

Ao mesmo tempo, fui dominado por uma terrível ansiedade: há quanto tempo ela estava acordada? Aliás, será que havia dormido? Permanecíamos imóveis enquanto nossos pensamentos se espalhavam pelo aposento, preenchendo-o por completo.

Levantei lentamente a cabeça e, à medida que meus olhos se acostumavam com a escuridão, me dei conta de que Maria estava sentada na cama, com as costas apoiadas no travesseiro, olhando para mim. "Bom dia", eu disse, e saí do quarto para lavar o rosto. Quando voltei, a paciente estava na mesma posição. Abri as cortinas. Guardei a luminária. Arrumei o sofá, dobrando o lençol e a coberta. Abri a porta para a faxineira e ajudei Maria a tomar seu leite.

Fiz tudo isso quase sem dizer uma palavra. Ao me levantar, sempre me ocupava dos mesmos afazeres, depois ia para a fábrica, onde ficava até o meio-dia. À tarde e até a chegada da noite, lia o jornal ou um livro para ela, também contava sobre tudo o que havia visto e ouvido no trabalho. Não era assim que deveria ser? Na verdade, eu não sabia ao certo. Mas tudo havia se encaixado por conta própria. Eu simplesmente me sujeitara à situação. Não nutria nenhum desejo em meu íntimo. Não pensava nem no futuro nem no passado, apenas vivia o presente. Minha alma tranquila se assemelhava a um mar sem vento e sem ondas.

Depois de me barbear e me trocar, disse a Maria que estava saindo.

"Aonde você vai?", ela perguntou.

Surpreso, respondi, "Esqueceu? Vou para a fábrica!".

"Você não pode faltar hoje?"

"Talvez, mas por quê?"

"Não sei... quero que você fique comigo o dia todo."

Interpretei isso como o capricho de uma doente, mas não falei nada. Abri o jornal que a faxineira havia deixado ao lado da cama.

Maria parecia estranhamente agitada, talvez até um pouco perturbada. Deixei o jornal de lado, sentei-me perto dela e apoiei a mão em sua testa. "Como está se sentindo hoje?"

"Bem... bem melhor..."

Embora ela não fizesse nenhum movimento, entendi que não queria que eu tirasse a mão de seu rosto. Senti os dedos colados à sua testa e à sua face. Era como se toda a sua força de vontade estivesse concentrada na pele.

Tentando soar o mais natural e indiferente possível, falei: "Então, você está bem! Mas por que não conseguiu dormir, esta noite?".

Ela ficou perplexa por um instante. Seu sangue subiu, espalhando-se pelo rosto. Percebia-se que relutava para não responder à pergunta. Então, de repente, fechou os olhos como se estivesse sentindo um enorme cansaço, jogou a cabeça para trás e disse numa voz quase inaudível: "Ah, Raif...".

"O que foi?"

Ela se endireitou. "Não é nada", disse com uma arfada. "Apenas quero você perto de mim hoje... Sabe por quê? Talvez pelo que você me contou ontem à noite. Com certeza assim que você sair, os pensamentos vão assaltar minha mente e não terei um minuto de paz..."

"Se eu soubesse, não teria contado", respondi.

Ela balançou a cabeça: "Não, eu não quis dizer isso... Não estou falando por mim... É que agora não posso mais confiar em você! Tenho medo de deixar você sozinho... Sim, você tem razão, quase não dormi a noite passada. Fiquei pensando em tudo o que você fez depois que se despediu de mim naquele dia e em você perambulando do lado de fora do hospital. Pensei nos detalhes que você me contou e nos que não contou... É por isso que não posso mais deixar você sozinho! Tenho medo... e não estou falando só de hoje... não vou permitir que você fique longe de mim, nunca mais!".

Dava para ver pequenas gotas de suor em sua testa. Limpei-as com delicadeza. Senti as palmas das minhas mãos quentes e suadas. Olhei para ela perplexo. Ela estava sorrindo, o primeiro sorriso puro e inocente depois de muito tempo, enquanto lágrimas corriam pelo seu rosto. Tomei sua cabeça nas mãos e a abracei. Agora ela sorria mais, bem mais suavemente, mas as lágrimas haviam aumentado. Não emitia um mínimo som, nem mesmo seu peito balançava com soluços. Nunca imaginei que alguém pudesse chorar de maneira tão tranquila e suave. Peguei suas mãos, que estavam pousadas feito dois pássaros brancos no lençol branco da cama, e comecei a brincar com elas. Encurvava seus dedos, abria-os de novo e os fechava num punho dentro da palma de minha mão. As linhas nas palmas de sua mão eram tão finas quanto as veias de uma folha.

Deixei sua cabeça cair lentamente no travesseiro: "Não se esforce", falei.

Com os olhos brilhando, ela replicou: "Não, não", e se agarrou ao meu braço. Então, como se falasse consigo mesma, disse: "Agora sei o que estava faltando entre nós! Não era nada em você, era em mim… não posso acreditar… simplesmente por não acreditar que você me amava tanto, achei que não estava apaixonada por você… Agora entendo… as pessoas devem ter tirado de mim a capacidade de acreditar… mas agora eu acredito…você me fez acreditar… Eu amo você… não loucamente, mas de cabeça bem lúcida… quero você… há um desejo enorme dentro de mim… ah, se eu melhorasse… Quando será que vou melhorar?".

Sem responder, limpei suas lágrimas com meu rosto.

Então, fiquei ao seu lado até ela ter forças para se levantar. Quando eu precisava sair para comprar comida ou frutas, ou passar na pensão para trocar de roupa, ela ficava sozinha por duas ou três horas, o que me parecia terrivelmente demorado. Quando eu a pegava pelo braço e a sentava no sofá, ou quando cobria suas costas com um agasalho leve, sentia a infinita felicidade de quem devota a vida ao outro. Sentávamos diante da janela por horas a fio, olhando para fora em silêncio; às vezes trocávamos olhares e sorríamos. Sua doença havia despertado a criança que havia nela, e a felicidade fizera o mesmo comigo. Algumas semanas depois, ela se fortaleceu bastante. Quando o tempo era agradável, saíamos e fazíamos um passeio de meia hora.

Antes de sair, eu a arrumava com zelo. Quando inclinava o corpo para se vestir, ela era tomada por acessos de tosse, por isso até as meias eu tinha de calçar por ela. Por fim, ela vestia seu casaco de pele e eu a ajudava a descer a escada, aos poucos e bem devagar. A cinquenta metros de casa, sentávamos num banco para descansar. De lá, íamos para a beira do lago do Tiergarten, onde observávamos os gansos nas águas repletas de ervas.

Mas, um dia, tudo acabou... Simples assim. Terminou tão abruptamente que, num primeiro momento, cheguei a sentir certa dificuldade em compreender a enormidade do que se passara... Eu só estava um pouco surpreso, mas profundamente triste. Nunca pensei que tal acontecimento causasse um efeito tão grande e tão duradouro em mim.

Naqueles últimos dias, eu relutava em voltar para a pensão. Embora eu pagasse adiantado pelo alojamento, a dona da pensão passou a me tratar friamente porque eu raramente aparecia por lá. Um dia, Frau Heppner disse: "Se você se mudou para outro lugar, me diga, pois assim posso avisar a polícia. Senão eles vão nos responsabilizar!".

Eu quis brincar com a situação: "Eu jamais conseguiria deixar você!", disse, e subi para meu aposento. Eu estava vivendo naquele quarto havia mais de um ano, mas os objetos que trouxera da Turquia, como os livros espalhados por toda parte, me pareceram totalmente estranhos. Abri minhas malas, tirei alguns itens de que precisava e os embrulhei numa página de jornal. Naquele momento, a faxineira entrou no aposento.

"Chegou um telegrama para o senhor. Faz três dias que está aqui", ela disse, e me entregou um papel dobrado.

Num primeiro momento, não entendi o que ela estava dizendo. Por alguma razão, não conseguia pegar o telegrama que ela me estendia. Não, aquele pedaço de papel não tinha nada a ver comigo... eu esperava poder afastar a tragédia que me rondava enquanto me recusasse a ler seu conteúdo.

A faxineira olhou para mim assustada. Ao ver que eu não me mexia, largou o telegrama sobre a mesa e saiu. Num ímpeto, abri o telegrama.

Era do meu cunhado. "Seu pai morreu. Transferi dinheiro. Venha urgentemente." Só isso. Somente sete palavras, cujo significado era claro... mesmo assim, fiquei olhando para o papel por um longo tempo. Li cada palavra diversas vezes. Então me levantei, coloquei o pacote que havia embalado havia pouco sob o braço e saí.

O que se passara? Eu podia ver que ao meu redor nada havia mudado. Tudo estava como sempre, igual a quando cheguei. Não havia nenhuma diferença nem em mim nem no mundo ao redor. Provavelmente, Maria esperava por mim à janela. Só que eu não era a mesma pessoa de meia hora antes. A milhares de quilômetros, um homem deixara de respirar. E isso acontecera havia dias ou mesmo semanas, sem que eu ou Maria tivéssemos percebido. Cada dia fora exatamente igual ao precedente. Porém, de repente, um papel do tamanho da palma da minha mão virara o mundo de cabeça para baixo, tirando o chão de sob meus pés, empurrando-me para longe daquele lugar e lembrando-me da terra distante da qual eu saíra, essa terra que agora me chamava de volta.

Finalmente, compreendi muito bem o quão enganado eu estava em pensar que minha vida dos últimos meses era genuína, e em esperar que ela durasse para sempre. Mesmo assim, relutava em aceitar aquela realidade inevitável! O lugar onde nascemos ou as pessoas de quem éramos filhos não deveriam ter tanta importância. Realmente importante era que duas pessoas se encontrassem e alcançassem um raro grau de felicidade neste mundo. Tudo o mais era secundário e não restava escolha senão ajustar-se e dar lugar a essa grande felicidade.

No entanto, eu sabia muito bem que a situação não se desenrolaria dessa forma, já que nossa vida é governada por detalhes triviais. De fato, a vida real é feita de detalhes triviais. A lógica de nossa mente nunca se ajustou à lógica da vida. Uma mulher olha para fora da janela de um trem e uma partícula de carvão entra em seu olho. Sem dar muita importância ao fato, ela coça o olho. Um gesto mínimo como esse pode significar a perda da visão de um dos olhos mais bonitos deste mundo. Ou um tijolo poderia se soltar com o vento e atingir a cabeça de uma personalidade importante da época. De que adianta pensarmos o que é mais importante: o olho ou o pedacinho de carvão? O tijolo ou a cabeça de alguém? Não nos resta opção senão aceitar tais incidentes por si só, bem como tantos outros que a vida nos apresenta.

Mas seria de fato assim? O mundo é governado por forças que estão além do nosso entendimento, isso é verdade. Mas, mesmo que essas forças fossem modeladas a partir do mundo natural, há algumas coisas ilógicas e determinadas formas de corrupção que poderiam ser evitadas. O que, por exemplo, me prendia a Havran? Alguns campos de oliveiras, duas fábricas de sabão e parentes que eu mal conhecia e que nunca tive vontade de conhecer melhor… Minha vida estava em Berlim. Eu estava ligado àquele lugar de todas as maneiras possíveis. Então por que não poderia permanecer ali? A resposta é muito simples: os negócios em Havran ficariam abandonados, meus cunhados não me enviariam dinheiro e eu estaria em apuros. E também havia a questão de meu passaporte, meu visto, minha permissão de residência… questões que não significavam muito na vida de uma pessoa comum, mas que para mim eram importantes a ponto de determinar a direção que eu daria ao meu futuro.

Quando expliquei isso a Maria Puder, ela ficou em silêncio por um tempo. Depois me olhou com um sorriso estranho, como se dissesse: "Não falei?".

Enquanto isso, eu tentava a todo custo manter a calma. Não queria parecer ridículo abrindo-me com ela. Mesmo assim, perguntei-lhe várias vezes: "E agora, o que devo fazer?".

"O que você deve fazer? Deve ir, é claro! Eu também passarei algum tempo viajando. Seja como for, tão cedo não vou trabalhar. Posso ficar com minha mãe nos arredores de Praga. O ar do campo vai fazer bem à minha saúde. Posso passar a primavera lá."

Achei um pouco estranho deixar meus planos de lado e passar a discutir os dela. Às vezes, ela olhava para mim furtivamente com o rabo do olho.

"Quando você parte?"

"Não sei. Assim que o dinheiro chegar", respondi.

"Talvez eu parta antes…"

"Ah, é?"

Ela riu da minha surpresa. "Você sempre age feito uma criança, Raif! É infantil ficar agitado assim diante do inevitável. De todo modo, temos muito tempo, então podemos discutir antes de decidir seja o que for…"

Saí para deixar algumas questões triviais em ordem e avisar a pensão. Fiquei bem surpreso quando cheguei na casa dela à noite e vi que Maria já fizera as malas e estava pronta para viajar.

"Não há necessidade de perder tempo em vão", disse. "Vou embora daqui a pouco porque assim você fica livre para fazer os preparativos para sua viagem. E depois… não sei… bem, resolvi deixar Berlim antes de você, é isso… Nem eu mesma sei explicar a razão…"

"Como quiser!"

Não falamos mais nada sobre o assunto. Tínhamos planejado pensar juntos e depois decidir, mas não trocamos nem mesmo umas poucas palavras.

Ela partiu na noite seguinte, de trem. Havíamos passado a tarde inteira em casa. Sentados, observávamos juntos pela janela o movimento de fora. Anotamos os endereços um do outro em nossas agendas. Concordamos que a cada carta minha eu enviaria um envelope com meu endereço para que as cartas dela chegassem até mim. Afinal, ela não sabia escrever as letras árabes nem os carteiros de Havran sabiam ler as letras do alfabeto romano.

Por uma hora conversamos sobre isso e aquilo, sobre quanto tempo o inverno ainda duraria naquele ano, sobre como, apesar de já estarmos em fins de fevereiro, ainda havia neve no chão. Estava claro que ela queria que o tempo passasse depressa, ao passo que eu me agarrava à esperança absurda de que pudéssemos ficar sentados um ao lado do outro para sempre.

Mesmo assim, fiquei impressionado ao ver como nos agarramos ao trivial. De vez em quando trocávamos olhares e sorríamos, perplexos. Quando chegou a hora de ir para a estação, estávamos quase aliviados. Dali em diante o tempo passou com uma velocidade assustadora. Ela insistiu que eu não ficasse na cabine com ela depois que guardamos as malas no compartimento do trem, mas que esperássemos juntos na plataforma. Ficamos ali por vinte minutos, trocamos os mesmos sorrisos tolos, mas para mim aquele momento parece que não durou mais que um segundo. Milhares de pensamentos me passavam pela cabeça, mas preferi não dizer nada, em razão do pouco tempo de que dispúnhamos. Desde a noite anterior, eu tivera inúmeras oportunidades de dizer muitas coisas. Não conseguia entender por que estávamos nos despedindo daquela maneira tão insossa.

Somente nos últimos minutos, Maria Puder pareceu ter perdido a calma, o que me deixou satisfeito. Eu teria ficado muito triste se ela não demonstrasse nenhum sentimento. Ela segurava e soltava minha mão, dizendo: "Isso não faz sentido... Por que você precisa ir?".

"Na verdade, Maria, é você quem está partindo. Eu ainda estou aqui", respondi.

Ela agiu como se não tivesse ouvido o que eu falei. Segurou meu braço e disse: "Raif, estou indo agora!".

"Sim... eu sei..."

A hora do trem partir havia chegado. O cobrador começou a fechar a porta do vagão. Maria Puder pulou para o degrau e em seguida curvou-se na minha direção e disse bem lentamente, enfatizando cada palavra: "Estou partindo agora. Mas quando você me chamar, eu irei...".

Na primeira vez, não entendi muito bem o que ela estava querendo dizer. Então Maria fez uma pausa e repetiu de maneira ainda mais enfática: "Para onde você me chamar, eu irei!".

Dessa vez, entendi perfeitamente. Quis pegar suas mãos e beijá-las. Mas ela já estava no interior do trem, que começava a se movimentar. Corri atrás da janela em que ela estava, mas depois diminuí o passo e acenei. "Vou chamar você. Com certeza vou chamar você!", gritei.

Ela sorriu, acenando com a cabeça em consentimento. Pude ver por seu olhar e sua expressão que ela acreditava em mim.

Aquela conversa inconclusa me deixou profundamente triste. Por que desde a noite anterior não tocávamos no assunto que nos interessava? Por que só falávamos das malas de Maria, do inverno daquele ano, da alegria de viajar, mas não falávamos dos assuntos importantes que nos diziam respeito? Talvez tenha sido melhor assim. O que teria acontecido se tivéssemos conversado longas horas sobre o tema? Não teríamos chegado à mesma conclusão? Maria encontrara a melhor maneira... sem dúvida... um oferecimento e uma afirmação... sucinta, espontânea e indiscutível! Não poderia haver despedida melhor. Todas aquelas palavras lindas que guardei dentro de mim... como elas me pareciam tênues e sem graça, agora...

Eu começava a entender por que ela partira antes de mim. Berlim lhe pareceria muito entediante se eu tivesse ido embora antes. Foi o que aconteceu comigo, mesmo tendo de correr loucamente atrás dos preparativos da viagem: passaporte e vistos, passagens e itinerários. Como me sentia estranho toda vez que passava por uma rua pela qual havíamos andado juntos! Decidi que, assim que voltasse para a Turquia, colocaria meus assuntos em ordem e a chamaria. Muito simples. Soltei a imaginação. Já visualizava a bela vila que mandaria construir nos arredores de Havran, e os bosques e colinas que a levaria para conhecer.

Quatro dias depois, voltei para a Turquia, passando pela Polônia e pela Romênia. Não há nada que valha a pena mencionar sobre essa viagem nem sobre os anos subsequentes... Só comecei a pensar no acontecimento que me fizera voltar para a Turquia quando embarquei no navio, em Constança. Sim, a morte de meu pai. Senti uma enorme vergonha por ter demorado tanto em fazê-lo. Na verdade, não havia razão para que eu sentisse afeto por meu pai; ele sempre fora um estranho para mim. Se alguém me perguntasse se meu pai havia sido um bom homem, eu simplesmente não saberia o que responder. Não o conheci o bastante para determinar quão bom ou ruim ele era. Era difícil até mesmo pensar nele como uma pessoa: para mim ele sempre fora um conceito abstrato — um pai. Um homem calvo, de barba grisalha redonda, que voltava à noite para casa calado, de cenho franzido, e não considerava nem a mim nem a qualquer dos filhos, nem mesmo a nossa mãe, dignos de atenção. Ele era muito diferente dos pais que eu via no café de Havuzlu, de camisa aberta, tomando *ayran* e soltando palavrões diante do tabuleiro de gamão... Como eu queria ter tido um pai assim... Quando ele me via na companhia daqueles homens, armava uma carranca e gritava: "O que você está fazendo aqui? Vá até o balcão, pegue um *sherbet* para você, depois vá direto para nosso bairro brincar lá!".

Mesmo depois que eu cresci e fui para o serviço militar, ele continuou a me tratar assim. Quanto mais eu crescia, menor me tornava a seus olhos. Se compartilhava minhas ideias com ele, sempre recebia em troca um olhar de desprezo. Se nos últimos anos ele não se opôs a nenhum de meus desejos e não se dignou a discutir comigo, era um sinal ainda mais óbvio de seu completo descaso em relação a mim.

Mesmo assim, não havia nada em minha mente que pudesse manchar sua memória. O que eu sentia mais intensamente não era sua presença vazia, mas sua ausência. Quanto mais me aproximava de Havran, mais a tristeza aumentava. Era difícil imaginar minha casa e nosso vilarejo sem ele.

Não há necessidade de eu me estender sobre esse assunto. Na verdade, preferiria não falar dos dez anos seguintes, mas preciso reservar algumas páginas para tratar disso, o período mais sem sentido de minha vida, nem que seja para esclarecer alguns detalhes. Não fui recebido de forma calorosa em Havran. Meus cunhados chegaram a escarnecer de mim, minhas irmãs me trataram como um total estranho, e minha mãe estava mais deprimida do que nunca. Encontrei a casa vazia, pois minha mãe se mudara para a casa de meu tio mais velho. Como não me convidaram para morar com eles, fiquei morando sozinho numa casa enorme com uma mulher idosa que havia servido na casa durante vários anos. Quando quis tomar conta dos negócios de meu pai, fui informado de que sua herança fora dividida antes de sua morte. Não consegui saber com exatidão pelos meus cunhados qual era a parte que havia sido destinada a mim. As duas fábricas de sabão não eram mencionadas, mas com o tempo eu soube que uma delas fora vendida por meu pai e a outra pelos meus cunhados. Sem dúvida meu pai gastara todo o dinheiro e todo o ouro que, na família, acreditava-se que havia acumulado. Minha mãe não tomou conhecimento de nada. Quando perguntei, ela disse: "Como eu ia saber, meu filho? Só podemos concluir que seu pai deixou este mundo sem dizer onde enterrou o ouro. Seus cunhados não saíram do lado dele nem por um minuto nos seus últimos dias... Será que ele sabia que estava para morrer? Sem dúvida disse a eles no seu último suspiro onde tinha enterrado o ouro... O que devemos fazer agora? Talvez falar com os videntes... não há nada oculto para eles!".

A verdade é que minha mãe visitou todos os videntes em Havran e nos arredores. Seguindo o conselho deles, cavamos a base de quase todas as oliveiras e de quase todos os muros da região. O pouco dinheiro que minha mãe possuía, gastou nessa procura. Minhas irmãs também a acompanharam, mas não estavam dispostas a gastar seu próprio dinheiro. Meus cunhados achavam nossas infindáveis escavações hilariantes.

Em razão dessa procura, perdi a época da colheita das azeitonas e não obtive nenhum lucro com elas. Consegui garantir uns trocados vendendo uma parte das colheitas futuras. Meu objetivo era deixar passar o verão e, então, com a chegada da colheita de azeitonas no outono, dispender todos os meus esforços para deixar as coisas organizadas. Nesse momento, chamaria Maria Puder sem demora.

Depois de meu regresso para a Turquia, nós nos escrevíamos com frequência. As horas que eu passava escrevendo para ela ou lendo suas cartas me proporcionavam um momento de alívio da sucessão de problemas maçantes que preencheram meus dias durante a lamacenta primavera e o sufocante verão que se seguiu. Eu já estava em casa havia um mês quando ela voltou para Berlim com a mãe. Eu enviava minhas cartas para a agência postal da praça de Potsdam, onde ela mesma as recolhia. No meio do verão recebi uma carta muito estranha, na qual ela dizia que tinha uma notícia muito boa para me dar, mas que só a comunicaria pessoalmente, por ocasião de sua vinda para a Turquia — eu escrevera dizendo que esperava chamá-la no outono. Desde então, no entanto, por mais que eu perguntasse em minhas cartas qual era a boa notícia, ela nunca me dizia. Sempre respondia: "Espere, você vai saber quando eu chegar aí!".

Sim, esperei. Não apenas até o outono. Esperei exatamente dez anos... e então as boas novas chegaram até mim... soube somente ontem à noite. Mas deixemos isso de lado, por ora, e sigamos contando a história na ordem dos eventos.

Passei todo o verão o metido em minhas botas, montado no cavalo, inspecionando os olivais nas colinas e nas montanhas. Fiquei surpreso ao ver que meu pai deixara para mim uma terra quase árida, inóspita e praticamente inacessível. Já os olivais que ficavam na planície fértil, perto de nosso vilarejo, onde cada árvore rendia mais de meia saca de azeitonas, ele deixara para minhas irmãs, ou seja, eram, na verdade, dos meus cunhados. Percebi, em minha inspeção, que as oliveiras que eu herdara não eram podadas ou limpas havia anos, por isso algumas começaram a ficar selvagens. Logo ficou claro para mim que nos tempos de meu pai ninguém se dera ao trabalho de ir até lá colher as azeitonas.

Pensando agora na doença dele, na angústia de minha mãe e na apreensão de minhas irmãs, eu estava quase chegando à conclusão de que houvera algum tipo de intriga em minha ausência. Mas esperava que, se continuasse trabalhando sem descanso, acabaria pondo as coisas em ordem, e as cartas de Maria renovavam meu ânimo e meu fervor.

No início do outubro, quando as azeitonas começaram a amadurecer e eu já me preparava para chamar Maria, as cartas de repente pararam de chegar. Eu havia reformado a casa, encomendado móveis novos em Istambul e comprado uma banheira, que instalei no antigo banheiro, agora com um novo revestimento. Fiz tudo isso em meio ao espanto e ao desdém dos habitantes de Havran, em especial, claro, de minha família.

Eu ainda não havia revelado minhas razões para ninguém, por isso chamaram meu gesto de exibicionismo, de arrogante e de uma imitação superficial dos costumes europeus. Sim, de fato, era uma loucura total que um homem em minha posição humilde pegasse o pouco que conseguira reunir dos credores das futuras colheitas de azeitona para gastar com um banheiro provido de espelho e armário. Eu aguentava as acusações com um sorriso amargo. Não era possível que eles me entendessem e eu não tinha a menor vontade de dar explicações a ninguém.

Então, cerca de vinte dias se passaram sem cartas de Maria, e comecei a ter um mau pressentimento. Propenso que era à suspeita e à paranoia, imaginei mil e uma razões para seu silêncio. Continuei a lhe escrever, carta após carta. Ao não receber resposta, caí no mais profundo desespero. Mesmo antes de suas correspondências pararem de chegar por completo, elas haviam ficado cada vez menos frequentes. Maria escrevia menos e, aparentemente, com mais dificuldade... Peguei todas as suas cartas e as dispus diante de mim. Li uma por uma. Nos últimos meses havia trechos velados, até evasivos, como se ela quisesse ocultar alguma coisa — o que era completamente estranho em alguém com uma personalidade tão aberta como a de Maria. Cheguei a me perguntar se ela de fato queria que eu a chamasse, ou se temia que eu a chamasse sabendo que não seria capaz de cumprir sua promessa. Agora eu lia muito além do que estava escrito em cada linha, em cada gracejo e frase não terminada, e isso estava me levando à loucura.

Segui escrevendo cartas em vão e sem resposta. Meus piores medos vieram à tona.

Nunca mais tive notícias de Maria Puder. Tampouco ouvi seu nome... até ontem... Mas me precipito...

Um mês depois, a última carta que eu enviara retornou com um carimbo que dizia "não reclamado, devolvida ao remetente". Foi quando perdi toda a esperança. Até hoje me surpreendo ao lembrar o quanto mudei nos poucos dias que se seguiram. Não conseguia me mexer, enxergar, sentir ou pensar. O que me dava forças para viver fora varrido de mim, restando apenas uma sombra.

Eu não me parecia em nada com o homem que fora nos primeiros dias do novo ano. Eu me sentia desanimado àquela época, mas isso não era nada comparado ao desespero que se apossou de mim. Naquela ocasião eu ainda alimentava a esperança de que pudéssemos voltar a ser íntimos, de que eu seria capaz de convencê-la a mudar de ideia. Mas agora eu estava completamente devastado. A enorme distância entre nós me deixava sem ação, de pés e mãos atados. Trancado em casa, eu vagava de aposento em aposento, lendo repetidamente as cartas dela e as minhas que haviam retornado, demorando-me nos trechos que meus olhos tinham negligenciado e sorrindo com amargura.

Acabei desistindo dos negócios e até de mim mesmo. Não havia mais nada para mim. Deixei de sacudir as oliveiras, de colher as azeitonas e de levá-las para a fábrica para serem prensadas. Às vezes calçava as botas e ia para o campo, onde preferia estar porque ali não via nenhum rosto humano. Voltava tarde da noite, deitava-me no sofá e dormia por algumas horas. Acordava na manhã seguinte sentindo um aperto no coração e me perguntava por que ainda estava vivo.

Depois de um tempo, voltei a levar a vida que tinha antes de conhecer Maria Puder: dias tão vazios e sem propósito quanto antigamente, só que mais penosos, pois havia uma diferença, eu sofria por saber que havia uma outra maneira de viver; antes, eu achava, na minha ignorância, que a vida era composta somente do trivial. Já não prestava atenção em meu entorno. Nada mais me dava prazer.

Por um breve período, aquela mulher me libertara da infeliz letargia. Ela me ensinara que eu era um homem, ou melhor, um ser humano; que o mundo não era tão absurdo quanto eu pensava e que eu carregava dentro de mim a disposição para viver. Quando perdi meu contato com ela, também perdi sua influência sobre mim e voltei a meus antigos caminhos. Entendi, então, o quanto precisava desesperadamente dela. Eu não era o tipo de homem que pode atravessar a vida sozinho. Precisava dela a meu lado. Não conseguiria viver sem seu apoio. Mas, de alguma forma, vivi... como se pode ver... Se é que se pode chamar isso de viver...

Nunca mais tive notícias de Maria. Escrevi para a pensão em Berlim, mas me responderam que Frau van Tiedemann não morava mais lá e não deixara o novo endereço. A quem mais eu poderia perguntar? Em uma de suas cartas, Maria dizia que depois de voltar de Praga com a mãe, as duas haviam se mudado para outra casa. Só que eu não sabia o endereço. Fiquei surpreso ao pensar nas pouquíssimas pessoas que conheci nos quase dois anos que morei na Alemanha. Nunca fora muito além de Berlim, mas explorara cada ruela, de cima a baixo. Não havia museu, galeria de arte, zoológico, jardim botânico, bosque ou lago que eu não tivesse visitado. Mas, numa cidade de milhões de habitantes, eu só conversara com um punhado de pessoas e conhecera de verdade apenas uma.

Talvez tenha sido suficiente. Suponho que é disso que todos precisam: de uma única pessoa. Mas e se essa pessoa não estava realmente ali? E se tudo não tivesse passado de um sonho, de uma ilusão, de uma quimera? Eu perdera a capacidade de acreditar e de ter esperança. Minha desconfiança das pessoas era tão grande e tão amarga que às vezes eu me assustava comigo mesmo. Sempre me aproximava de quem quer que fosse com hostilidade. Acreditava que eram todos maliciosos. Essa atitude, em vez de diminuir, intensificou-se com o passar dos anos. A desconfiança que eu sentia se transformou em rancor. Evitava quem tentasse se aproximar de mim. Tinha muito medo dos que eram próximos ou daqueles que poderiam se tornar mais próximos. "Não depois do que ela me fez...", dizia para mim mesmo. Mas o que ela fizera? Eu não sabia. Por isso minha imaginação se detinha nas piores e mais graves possibilidades. Era assim que as coisas eram neste mundo... Para que aferrar-se a uma promessa feita no calor de uma despedida? Melhor cortar os laços de uma vez por todas e sem discussão. Minhas cartas não foram recolhidas nos correios... nunca foram respondidas... Tudo o que eu pensava que existia, deixara de existir. Quem saberia dizer qual nova aventura, qual felicidade mais íntima e mais sensata a teriam recebido de braços abertos? Abandonar tudo baseada na promessa de conquistar o coração de um jovem ingênuo, segui-lo cegamente em uma vida da qual ela não sabia nada... Seu bom senso acabara prevalecendo.

Mas por que, apesar de toda a minha análise meticulosa, eu ainda não me adaptara às novas circunstâncias? Por que oferecia tanta resistência a toda oportunidade que cruzava meu caminho? Por que, sempre que alguém tentava se aproximar de mim, eu achava que essa pessoa me causaria algum mal? Havia momentos em que eu me distraía e permitia certa aproximação. Por pouco tempo: logo eu ouvia a voz em minha cabeça que me alertava da desgraça iminente: "Não se esqueça, não se esqueça! Não se esqueça de que *ela* estava bem mais próxima de você... mas, mesmo assim, fez o que fez". Imediatamente eu voltava para minha realidade de suspeita e rancor. Quando alguém chegava muito perto a ponto de acender minhas esperanças, eu depressa me recompunha e pensava: "Não, não, ela era bem mais próxima de mim... e agora não existe mais nada entre nós... Foi assim que aconteceu...". Acreditar, não acreditar... Esse era o dilema que me atormentava todos os dias, todos os instantes. Todos os meus esforços para livrar-me dele eram vãos... Eu me casei... Mesmo no dia de meu casamento, sabia que minha mulher estava mais distante de mim do que todos os outros... Tivemos filhos... Eu os amava, mas estava ciente de que eles nunca poderiam restituir o que eu havia perdido na vida...

Nunca mostrei interesse por nenhum dos empregos que tive. Trabalhava feito uma máquina, sem saber o que estava fazendo. Permitia que os outros me enganassem e sentia uma espécie de prazer nisso. Meus cunhados me faziam de tolo, mas eu não me importava. Os poucos bens que possuía se dissiparam com as despesas do casamento e com algumas dívidas. Por fim, os olivais já não valiam quase nada. Os endinheirados costumavam comprar essas propriedades abandonadas por uma pechincha. Mas eu não encontrei um só comprador disposto a pagar meia lira por um toco de oliveira que produzia apenas o equivalente a sete ou oito liras ao ano. Meus cunhados quitaram minhas dívidas e compraram meus olivais para me salvar do apuro financeiro e manter a situação da família intacta... Eu não tinha nada além de uma casa em ruínas com catorze aposentos e alguns poucos móveis. Meu sogro ainda estava vivo e trabalhava como funcionário público em Balıkesir. Por recomendação dele consegui um emprego numa firma na capital da província. Trabalhei anos lá. Conforme minhas responsabilidades familiares aumentavam, meu interesse pela vida diminuía, e minha energia, que precisava se intensificar, desapareceu por completo. Depois que meu sogro morreu, tive de cuidar dos irmãos e das irmãs de minha esposa. Não era possível sustentar a todos com meu salário de quarenta liras. Então, um parente distante de minha esposa me arranjou um emprego numa firma em Ancara, onde trabalho até hoje. Embora fosse tímido, tinha esperança de progredir na empresa por saber uma língua estrangeira. No entanto, nada do que eu esperava aconteceu. Não importa onde estivesse, minha presença não tinha valor para os que estavam ao meu redor. Oportunidades não me faltaram. Muitas pessoas diferentes me deram a esperança de poder viver novamente e expressar o amor latente que sabia existir em minha alma. Mas eu não conseguia de jeito nenhum me libertar da desconfiança. Só houve uma pessoa neste mundo em quem acreditei. Acreditei tanto que, uma vez enganado, perdi as forças e decidi não acreditar em mais ninguém. Não fiquei zangado com ela. Eu não seria capaz de me zangar com ela, nem de sentir rancor ou de pensar mal dela. Certamente me machuquei, porém não conseguiria ficar ofendido com ela.

Minha indignação era com o mundo todo, pois para mim Maria era o símbolo da humanidade. Ao ver que com o passar dos anos meu vínculo com ela persistia, senti-me ainda mais agoniado. Ela decerto já devia ter me esquecido havia muito tempo. Eu me perguntava com quem ela estaria vivendo, com quem estaria passeando... À noite, quando ouvia a algazarra das crianças, o ruído dos chinelos de minha esposa na cozinha, o barulho dos pratos sendo lavados e as discussões de meus parentes, fechava os olhos e imaginava onde estaria Maria Puder. Talvez estivesse caminhando pelo jardim botânico com um amigo com quem compartilhava as mesmas ideias, admirando as árvores de folhas vermelhas. Talvez eles estivessem passeando numa galeria escura admirando as obras de grandes mestres. Uma noite, ao voltar para casa, entrei na mercearia para comprar alguns itens. Ao sair, ouvi a abertura da ópera de Weber, *Oberon*, tocando no rádio de um jovem que vivia na casa em frente à nossa. Por pouco não derrubei os pacotes com as compras. Aquela havia sido uma das óperas a que assisti com Maria. Ela tinha predileção por Weber. Quando passeávamos, sempre assobiava aquela abertura. Naquele momento senti uma saudade renovada dela, como se tivéssemos acabado de nos despedir. A dor, quando se perde algo precioso, sejam bens materiais ou a felicidade mundana, pode ser esquecida com o tempo. Mas as oportunidades perdidas nunca saem do fundo de nossa mente e, sempre que voltam à nossa lembrança, sofremos. Ou talvez o que nos faça sofrer seja o pensamento de que as coisas poderiam ter sido diferentes. Porque sem tal pensamento veríamos as coisas como predestinadas a acontecer e estaríamos prontos a aceitá-las.

Nunca recebi muita atenção de minha mulher nem de meus filhos ou de nenhum membro da minha família. Mas nunca esperei receber. Aquele sentimento de inutilidade que eu sentira pela primeira vez em Berlim, naquele estranho Ano-novo, se acomodara completamente em mim. Que serventia eu tinha para aquelas pessoas além de garantir-lhes alguns trocados de que precisavam para comprar pão? Mais que de ajuda financeira ou material, o ser humano necessita de amor e atenção. Um pai de família que não recebe nenhum dos dois está apenas colocando comida na mesa de estranhos. Como eu ansiava pelo dia em que eles não precisariam mais de mim e que tudo chegaria ao fim! Com o tempo, toda a minha vida passou a ser definida pela espera ansiosa desse dia ainda tão distante. Eu vivia quase como um prisioneiro, ansiando que cada dia acabasse logo. Se valorizava cada dia era porque com o passar de cada um deles eu me aproximava mais do fim. Vivia como um vegetal, sem queixas, sem emoção, sem propósito. Meus sentimentos se tornaram obtusos. Eu não me entristecia com nada, não me alegrava com nada.

Como eu poderia sentir raiva das pessoas? Aquela que eu considerava a mais preciosa, a mais bondosa, a mais amável cometera contra mim a maior das maldades. Como poderia esperar alguma coisa dos outros? Não conseguia amar nem me tornar íntimo de ninguém, pois a pessoa na qual eu mais acreditara e confiara havia me enganado. Como confiar novamente em alguém?

Quando eu pensava no futuro, imaginava anos de tédio até o dia tão esperado chegar e tudo ter fim. Eu não desejava mais nada. A vida jogara sujo comigo, mas enfim… Melhor não culpar nem a mim nem a ninguém. Melhor aceitar que as coisas foram como foram e aguentar em silêncio. Mas não havia necessidade de aquilo se prolongar. Eu estava entediado, só isso. Não tinha nenhuma outra queixa.

Então, um dia… ontem, para ser mais exato, sábado, voltei para casa à tarde e me despi. Minha mulher me disse que precisávamos de alguns itens para a casa: "Amanhã o comércio estará fechado, por isso você precisa dar um pulo no mercado hoje!".

Eu me vesti contra a minha vontade. Caminhei até o mercado de peixe. Fazia bastante calor. As ruas, empoeiradas, estavam lotadas de pessoas andando a esmo, buscando o frescor da noite. Depois de fazer as compras, segui na direção da estátua com os pacotes debaixo do braço. Decidira voltar para casa pela avenida asfaltada, embora fosse um caminho mais longo, e não pelas ruas tortuosas e escuras de sempre. Um relógio enorme pendurado em frente a uma das lojas marcava seis horas. De repente, senti alguém segurar meu braço.

Uma voz feminina exclamou no meu ouvido: "Herr Raif!".

Me assustei ao ouvir alguém se dirigir a mim em alemão! Tive ímpetos de fugir, mas a mulher me segurava com força.

"Não, eu não estou enganada! É realmente você, Herr Raif! Meu Deus, como uma pessoa pode mudar tanto?" Ela gritava enquanto os transeuntes olhavam para nós com estranhamento.

Ergui a cabeça lentamente. Mesmo sem ver o rosto, já tinha entendido quem era, pela voz e pelo volume do corpo.

"Ah, Frau van Tiedemann! Eu nunca imaginaria encontrá-la aqui em Ancara", falei.

"Frau van Tiedemann não... Frau Döppke! Sacrifiquei um 'van' por um marido... mas não sinto nenhuma falta!"

"Parabéns... então..."

"Sim, sim... como você poderia imaginar... não muito tempo depois de você voltar para a Turquia, nós fomos embora da pensão... claro que juntos... fomos para Praga..."

Assim que ela mencionou Praga, senti um arrepio na espinha. Impossível não pensar em Maria. Mas como perguntar a ela? Ela não sabia de nosso relacionamento. O que pensaria se eu indagasse sobre Maria? Certamente ia querer saber onde eu a conhecera. O que diria depois? Não seria muito melhor ela não saber de nada? Afinal de contas, tantos anos haviam se passado... Na verdade, um pouco mais de dez anos. De que adiantaria ela saber de nossa história?

Percebi que ainda estávamos parados no meio da rua, então disse: "Venha, vamos nos sentar em algum lugar. Temos muito que conversar... Ainda estou estranhando vê-la em Ancara!".

"Sim, seria bom nos sentarmos um pouco, mas nosso trem parte em menos de uma hora... não podemos perdê-lo... Eu certamente teria ido visitá-lo se soubesse que você morava aqui em Ancara. Chegamos ontem à noite. E já estamos de partida…"

Somente então percebi a seu lado uma garota calada de mais ou menos nove anos de idade, com uma compleição amarelada. Sorri: "Sua filha?".

"Não, parente minha… Meu filho está terminando os estudos de direito."

"Ainda recomenda livros para que ele leia?"

Por um momento ela não se lembrou, depois, sorrindo, disse: "Sim, claro, mas ele não segue meus conselhos. Naquele tempo ele era pequeno… tinha uns doze anos… ai meu Deus, como o tempo voa!".

"Sim, mas você não mudou nada!"

"Nem você!"

Ela havia sido mais sincera antes, mas resolvi não dizer nada.

Caminhamos pela rua. Como eu não sabia de que maneira perguntar sobre Maria Puder, passei a falar de coisas banais, que não tinham relação comigo.

"Você ainda não me disse por que veio a Ancara!"

"Ah, sim! Na verdade, só estamos de passagem. Fizemos uma parada para passar a noite."

Ela concordou em se sentar por cinco minutos numa barraca de limonada e continuar sua história:

"Meu marido está em Bagdá agora… como sabe, ele é comerciante nas colônias."

"Mas Bagdá não é colônia alemã!"

"Sim, sim, eu sei... Mas ele se especializou em produtos alimentícios de climas quentes. Está em Bagdá para comercializar tâmaras!"

"Ele também comercializava tâmaras nos Camarões?"

Ela me olhou com cara de *não seja tolo*...

"Não sei, por que você não escreve para ele e pergunta? Ele não gosta de mulher interferindo em seus negócios..."

"Para onde você está indo agora?"

"Para Berlim. Visitar a minha terra e..." Ela apontou para a garota de compleição pálida sentada a seu lado. "Por causa da menina... ela tem constituição fraca, por isso nós a trouxemos conosco: para fugir do inverno. Agora vou levá-la de volta para casa."

"Então você viaja para Berlim com frequência?"

"Duas vezes por ano."

"Isso quer dizer que os negócios de Herr Döppke estão bem!"

Ela sorriu e fez um gesto coquete.

Eu continuava incapaz de fazer a pergunta. Sabia que aquela hesitação não se devia ao fato de não saber como perguntar, mas ao medo de descobrir o que havia acontecido. Mas eu já não estava resignado com o meu destino? Não me sentia vazio de toda emoção viva? Então, por que temia? Maria poderia muito bem ter encontrado seu próprio Herr Döppke. Ou talvez ainda estivesse solteira, pulando de homem em homem, em busca daquele em quem pudesse acreditar. Provavelmente nem se lembrava mais do meu rosto.

Quando pensei nisso, percebi que também não me lembrava do rosto dela e, pela primeira vez depois de dez anos, eu me dei conta de que não tínhamos uma fotografia um do outro... Fiquei pasmo! Por que não havíamos pensado nisso antes de nos despedirmos? Sim, acreditávamos que logo estaríamos juntos novamente e confiamos no poder da memória. Mas por que só fui pensar nisso agora? Nunca senti necessidade de olhar para o rosto dela durante todo esse tempo?

Lembrei-me de que nos primeiros meses havia memorizado cada linha de seu rosto... era capaz de evocar sua imagem num instante, sem dificuldade... Depois... quando me dei conta de que tudo estava acabado, fizera um esforço enorme para não vê-la, ou melhor, para não imaginá-la. Sabia que não suportaria. Um único vislumbre da Madona com casaco de pele me arruinaria.

Ali, sentado, as antigas lembranças não provocavam nenhuma reação em mim, mas quando tentei buscar seu rosto na memória, não encontrei nada... e não tinha nem sequer uma foto... Por que teria necessidade de uma foto dela?

Frau Döppke olhou para o relógio e se levantou. Caminhamos juntos até a estação. Ela gostara bastante de Ancara e da Turquia de modo geral.

"Eu nunca tinha visto um país tratar os estrangeiros tão bem! Pense na Suíça, por exemplo, que deve o seu bem-estar aos viajantes que a visitam. Lá as pessoas olham para os estrangeiros como se eles fossem assaltar suas casas... mas aqui as pessoas estão sempre prontas a ajudar de todas as maneiras possíveis. E gostei muito de Ancara!"

A mulher falava sem parar. A menina ia adiante, uns cinco ou dez passos à frente, tocando nas árvores ao longo do caminho. Já estávamos chegando à estação quando decidi perguntar. Contudo, me esforcei para parecer o mais natural possível. Perguntei: "Você tem muitos parentes em Berlim?".

"Não, não muitos... sou originalmente de Praga. Meu primeiro marido era holandês. Por que a pergunta?"

"É que, quando eu morei lá, conheci uma mulher que me disse que era parente sua..."

"Onde?"

"Em Berlim... nos conhecemos numa exposição. Acho que ela era pintora..."

Na hora ela se interessou: "Sim... e?".

Hesitante, continuei. "Depois... não sei... devemos ter conversado só uma vez... Ela tinha um quadro lindo... foi assim que..."

"Você lembra o nome dela?"

"Acho que era Puder... Sim, Maria Puder! Era esse o nome que aparecia assinado no quadro... e também no catálogo..."

Ela não disse nada. Criei coragem de novo e perguntei: "Você a conhece?".

"Sim, mas como ela chegou a lhe dizer que somos parentes?"

"Não sei... Acho que falei da pensão em que morava e ela deve ter dito que tinha uma parente lá... ou foi alguma outra coisa... agora não me lembro bem... já faz dez anos, afinal."

"Sim... dez anos não é pouco tempo... A mãe dela me disse que Maria tinha um amigo turco de quem falava o tempo todo, então fiquei curiosa, imaginando se não seria você esse amigo... Mas não é estranho que a mãe dela nunca tenha visto esse amigo turco que ela tanto admirava? Ela fora para Praga naquele ano e foi lá que sua filha lhe contou que o tal estudante turco tinha ido embora de Berlim."

Havíamos chegado à estação. Frau Döppke avançava para o trem. Tive medo de que, caso mudasse de assunto, já não voltássemos a ele e eu ficasse sem saber o que realmente queria saber. Então olhei dentro dos olhos dela para demonstrar que queria ouvir mais.

Depois de se livrar do atendente do hotel que acomodara sua bagagem no compartimento do trem, ela se voltou para mim e indagou: "Por que o interesse? Você disse que conheceu Maria muito pouco".

"Sim... mas ela deixou uma impressão muito forte em mim... gostei muito do quadro dela..."

"Ela era uma pintora excelente."

Com uma preocupação repentina que não conseguia entender, perguntei: "Por que *era*? Não é mais?".

A mulher olhou em volta procurando a menina. Ao ver que ela já havia entrado no vagão e encontrado seu assento,

Frau Döppke aproximou o rosto do meu e respondeu: "Claro que não… ela não está mais viva".

"Como disse?"

Ouvi essas duas palavras saírem de meus lábios como um apito. As pessoas se viraram para olhar para nós. A menina pôs a cabeça para fora da janela e me encarou, perplexa.

Frau Döppke me analisou com um olhar atento. "Por que essa surpresa? Você está pálido. Disse que não a conhecia direito", falou.

"Mesmo assim", eu disse, "é um choque saber que ela morreu."

"Sim… mas não foi recentemente… já tem uns dez anos."

"Dez anos? Impossível…"

Ela me analisou com o olhar mais uma vez e me puxou de lado: "Posso ver que a morte de Maria Puder mexeu com você. Então vou resumir a história", ela disse. "Duas semanas depois de você deixar a pensão para voltar para a Turquia, Herr Döppke e eu também viajamos para visitar parentes que possuíam uma fazenda nos arredores de Praga. Lá encontramos, por acaso, Maria Puder e a mãe. Não me dou muito bem com a mãe dela, mas essa é outra história. Maria estava bastante debilitada e indisposta. Contou que tinha contraído uma doença grave em Berlim. Passado um tempo, as duas voltaram para Berlim. Parece que Maria tinha se recuperado. Meu marido e eu nos mudamos para a terra dele, a Prússia… Quando voltamos para Berlim, no inverno, soubemos que Maria Puder havia morrido no início de outubro. Naturalmente, esqueci de minhas diferenças com a mãe dela e fui lhe fazer uma visita. Ela estava desolada, parecia uma mulher de sessenta anos. No entanto, devia ter seus quarenta e cinco, quarenta e seis. Pelo que nos contou, quando partiu de Praga, Maria começou a sentir algumas mudanças no seu corpo; então foi ao médico e soube que estava grávida. De início ficou muito contente, mas, apesar da insistência da mãe, nunca revelou quem era o pai da criança. Sempre dizia que a mãe logo saberia e sempre falava de uma viagem que estava prestes a fazer. Nos últimos meses da gravidez, a saúde dela começou a se debilitar e os médicos disseram que ela teria um parto de risco, portanto, embora fosse tarde, seria melhor intervir. Maria não permitiu que tocassem na criança. Então teve uma piora repentina e foi hospitalizada. Acho que o nível de albumina estava muito baixo... seu corpo ainda estava sentindo os efeitos do que havia passado... Antes mesmo de entrar em trabalho de parto, perdeu a consciência várias vezes. Então os médicos intervieram e conseguiram salvar o bebê. Mas Maria continuou a ter convulsões e uma semana depois entrou em coma e morreu. Ela não havia revelado nada. Nunca pensou que iria morrer. Nos últimos momentos de lucidez, disse à mãe que ela se surpreenderia quando soubesse da história, mas que no fim ficaria feliz. E não revelou o nome do pai. A mãe de Maria sempre lembrava que ela falava muito de um turco. Mas nunca o viu, nem sabia seu nome... A criança viveu em hospitais e creches até os quatro anos de idade, quando foi morar com a avó. Ela é uma criança um pouco frágil e quieta, mas muito amável... Você não acha?"

Tive a impressão de que ia desmaiar. Sentia tontura, mas, mesmo assim, consegui me manter de pé e sorrir.

"É essa menina?", perguntei, apontando para a janela do vagão.

"Sim... ela é linda, não é? Tão comportada e quietinha! Deve sentir muita falta da avó!"

A mulher me olhava com atenção ao dizer tudo isso. O brilho nos seus olhos era quase hostil.

O trem estava prestes a partir. Ela subiu no vagão.

Pouco depois, as duas apareceram à janela. Com um sorriso indiferente, a menina olhava para a estação e, às vezes, para mim. A mulher gorda e velha a seu lado não tirava os olhos de mim.

O trem começou a se mover. Acenei para elas. Frau Döppke me lançou um derradeiro e falso sorriso.

Puxou a criança para dentro...

Tudo isso aconteceu ontem à noite. Somente vinte e quatro horas se passaram entre o acontecimento e o momento em que escrevo estas linhas.

Não consegui dormir nem um minuto. Fiquei deitado, pensando naquela criança. Quase podia ver sua cabeça balançando com o movimento do trem. O cabelo era abundante, mas eu não conseguia me lembrar de que cor era, assim como não me lembrava da cor dos olhos da menina. Eu não perguntara o nome dela. Não lhe dera atenção. Apesar de ela ter estado bem na minha frente, a um passo de distância, eu não olhara direito para o rosto dela. Quando nos despedimos, eu sequer apertara sua mão. Assim, não sabia nada, meu Deus, não sabia nada sobre minha própria filha. Sem dúvida Frau Döppke se dera conta de algo… Por que olhara para mim com tanto desdém? Tirara suas conclusões… e partira com a garota… Agora estavam viajando… as rodas do trem girando sobre os trilhos, balançando de leve minha filha em seu sono.

Eu pensava nelas o tempo todo. E finalmente, quando achei que não aguentaria mais, a imagem que tentara manter afastada de minha mente começou a tomar forma lenta e silenciosamente diante de meus olhos: Maria Puder, com seus olhos negros, seu olhar profundo e vincos finos nos cantos da boca. Minha Madona com casaco de pele. Em seu rosto não havia rastro de raiva nem de reprovação. Talvez um quê de surpresa, ou, mais do que isso, peocupação e compaixão. Não tive coragem de encarar aquele olhar. Durante dez anos, dez anos completos, eu abominara e culpara uma morta pela dor que corroía minha alma. Poderia haver insulto maior à sua memória? Por dez anos, sem vacilar, eu duvidara da pessoa que era a razão, a base e o objetivo de minha vida, sem considerar que poderia estar cometendo uma injustiça. Porque, de todos os cenários possíveis que me haviam passado pela cabeça, eu nunca parara uma única vez para me perguntar se haveria, talvez, uma boa razão para que ela me deixasse. E, no entanto, havia... a mais séria, a mais inelutável das razões: a morte. Senti uma vergonha assombrosa. Agonizava de desespero e do remorso inútil que se sente diante da morte. Se eu passasse o resto da vida de joelhos em expiação pelo crime que cometera contra a memória de Maria, não teria êxito, pois a maior perfídia, o maior pecado que podemos cometer contra um inocente é abandonar um coração amável, e nunca serei perdoado por isso.

Algumas horas antes eu achara que se não tivesse uma fotografia não seria capaz de recordar o rosto dela.

Mas agora podia vê-la, em mais detalhes e ainda mais viva que em vida. Como no quadro, ela parecia um pouco melancólica e um pouco altiva. O rosto estava levemente mais pálido, os olhos mais negros. Tinha o lábio inferior protuberante, como se estivesse prestes a dizer: "Ah, Raif!". Sim, agora ela estava mais viva do que nunca... No entanto, morrera havia dez anos! Enquanto eu a esperava e preparava nossa casa. Sem dizer nada a ninguém sobre mim para não me causar transtornos. Morrera levando consigo todos os seus segredos.

Agora eu entendia a raiva que sentira dela ao longo daqueles dez anos, entendia por que construíra uma parede instransponível entre mim e as pessoas: por dez anos continuara a amá-la com um amor que nunca arrefecera. Por isso nunca permiti que ninguém entrasse em meu coração. Agora eu a amava mais do que nunca. Estendi os braços para a visão diante de mim e quis novamente pegar suas mãos e aquecê-

-las. Todos os detalhes da nossa vida juntos, daqueles quatro ou cinco meses, passaram diante de meus olhos. Eu me lembrava de cada momento compartilhado, de cada palavra pronunciada. A começar do momento em que vira seu quadro na exposição pela primeira vez. Revivi tudo. Ouvi-a cantando no Atlantic e vi-a aproximar-se para sentar ao meu lado. Passeamos pelo jardim botânico, ficamos sentados um diante do outro no seu quarto, ela adoeceu. Essas lembranças eram ricas o bastante para preencher toda uma vida. O fato de estarem compactadas num tempo tão curto tornava-as ainda mais vívidas e vibrantes do que a própria realidade. Elas me mostraram que eu não estivera vivo nem por um instante durantes aqueles dez anos. Todos os meus gestos, pensamentos e sentimentos viajavam para longe de mim, tão longe que poderiam muito bem ter pertencido a um estranho. Tenho quase trinta e cinco anos de idade, mas meu "eu" verdadeiro só esteve vivo durante aqueles quatro ou cinco meses, dez anos atrás. Desde então, fiquei enterrado nas profundezas de uma identidade sem sentido, alheia a mim.

Ontem à noite, na cama, quando fiquei cara a cara com Maria, entendi como seria difícil continuar neste corpo e neste cérebro que não têm nada a ver comigo. Quando eu comesse, estaria alimentando um estranho. Me arrastaria de um lado para o outro observando o mundo com uma mistura de misericórdia e escárnio. Ontem à noite, também entendi que, agora que ela estava morta, tudo perdera a autenticidade. Eu morrera com ela, talvez antes.

Hoje de manhãzinha, toda a família saiu para passear. Com o pretexto de estar indisposto, fiquei em casa. Estou escrevendo desde cedo. Lá fora, já começa a escurecer. Eles ainda não voltaram. Mas daqui a pouco vão aparecer, fazendo barulho e gargalhando. Que sentido eles têm para mim? De que servem todos os vínculos se as almas não estão ligadas? Há anos não digo uma única palavra verdadeira. Mas como precisaria conversar com alguém agora! Ter que reprimir todas essas lembranças dentro de mim acaso não equivale a ser enterrado vivo? Ah, Maria! Por que não podemos nos sentar perto da janela e conversar? Por que não podemos ouvir nosso coração falar enquanto caminhamos lado a lado em silêncio numa noite fria de outono? Por que você não está aqui comigo?

Talvez eu tenha evitado as pessoas em vão durante todos esses anos. Talvez, ao não acreditar nelas, tenha cometido uma injustiça. Talvez, se tivesse procurado, encontrasse alguém como você. Se tivesse sabido de sua morte antes, talvez me recuperasse a tempo de me esforçar para encontrar você em outra pessoa. Mas agora está tudo acabado. Depois de cometer tamanha injustiça, uma injustiça tão imperdoável, não quero pôr absolutamente nada em ordem. Desprezei as pessoas e o mundo baseado num julgamento errado sobre você. Fechei-me. Hoje sou capaz de ver a verdade. Mesmo assim, não me resta alternativa senão condenar a mim mesmo à solidão eterna. A vida é um jogo que se joga somente uma vez, e eu perdi. Não há uma segunda oportunidade... minha vida daqui para a frente será pior do que antes. Toda noite, farei compras para a casa, como uma máquina. Conversarei e tolerarei pessoas pelas quais não tenho nenhum interesse. Seria possível viver de outra maneira? Acho que não. Se o acaso não tivesse posto você no meu caminho, eu teria continuado a viver como antes, alheio à verdade. Foi você quem me ensinou que outra vida era possível e que eu tinha uma alma. E a culpa não é sua, por tudo ter acabado tão cedo... Obrigado por ter me dado a oportunidade de estar realmente vivo. Aqueles poucos meses valeram uma vida, não é mesmo? A garota que você deixou para trás, uma parte de você, nossa filha, vai passear pelos cantos longínquos da terra sem conhecer o pai... Nossos caminhos se cruzaram uma vez. Mas não sei absolutamente nada sobre ela, nem seu nome, nem onde mora. Mesmo assim, sempre a acompanharei em meus pensamentos. Imaginarei uma vida para ela e, nessa vida, caminharei ao seu lado. Em minha imaginação, vou vê-la crescer. Vou acompanhá-la à escola. Conhecerei seus sorrisos e seu jeito de pensar. E com tudo isso tentarei preencher o vazio dos anos vindouros. Posso ouvir um ruído lá fora. Eles devem ter voltado. Quero continuar escrevendo. Mas para quê? Já escrevi tanto, e daí? Amanhã digo à minha filha que compre outro caderno e escondo este. Escondo num lugar onde ninguém poderá encontrar... Tudo, tudo... especialmente minha alma.

O caderno de Raif Efêndi terminava com essas palavras. As páginas restantes estavam em branco. Era como se ele tivesse decidido derramar sua alma, escondida por tanto tempo e com tanto medo, para depois mergulhar de novo em si mesmo e nunca mais voltar a falar.

Já estava amanhecendo. Em cumprimento à minha promessa, enfiei o caderno no bolso e fui até a casa de Raif. No momento em que a porta se abriu, vi e ouvi a confusão e o choro, e entendi tudo. Por um instante fiquei parado sem saber o que fazer. Não queria partir sem ver Raif Efêndi uma última vez. Mas depois de ter passado a noite inteira com ele, de conhecer seu lado mais vivo, não suportaria vê-lo reduzido, de repente, à insignificância. Voltei para a rua. A morte de Raif Efêndi não me afligia tanto, pois sentia que não o perdera, e sim que, de alguma forma, o encontrara.

Ontem à noite, ele havia me dito: "Nunca tivemos a oportunidade de sentar e conversar". Agora, eu já não concordava mais com suas palavras. Noite passada, conversamos por longas horas.

Nessa mesma noite, Raif Efêndi abandonou sua vida e entrou na minha. E aí ele permanecerá, vivo de verdade, mais vivo que qualquer pessoa que eu tenha conhecido. A partir de agora, ele estará sempre ao meu lado onde quer que eu vá.

Quando cheguei ao escritório, sentei-me à mesa vazia de Raif Efêndi. Colocando o caderno de capa preta diante de mim, comecei a lê-lo mais uma vez.

Novembro de 1940 – fevereiro de 1941

2ª REIMPRESSÃO

ESTE LIVRO FOI COMPOSTO EM FONTE BROWN, PROJETADA POR
AURÈLE SACK, E MINION PRO, PROJETADA POR ROBERT SLIMBACH,
E IMPRESSO PELA LEOGRAF EM OUTUBRO DE 2024.